宇田川 敬介

我、台湾島民に捧ぐ

日台関係秘話

振学出版

物語の舞台・台湾簡略図

目次

第三章　心を攻める政治 111

序章　北白川宮近衛師団上陸

「平蔵、お前はいいよなあ。もともと漕ぎ手頭の家柄だもんなあ」

日の光は波に反射してマストを上下にゆっくりと往復している。それを多くの将兵は甲板に横になりながら、ただ見上げていた。本来大日本帝国軍の将兵であれば、そのような緩んだ態度は許されないのであるが、今日は波が高いので、彼らを注意する者もいなかった。

「与兵衛は侍の家柄だから船の上が苦手であったなあ」

「そうだよ。朝から晩までずっと酒に酔っているかのようなこの動きは、とても耐えられるものではない。酒ならば醒めるが、船は降りるまで醒めないからのう」

長州萩の出身の村上平蔵は、長州藩の漕ぎ手頭の家柄で、小さいころから水練と船には慣れていた。これに対して薩摩藩出身の海野与兵衛は、苗字に「海」の字が入っているのに、水とは全く無縁の生活をしていた。与兵衛が祖父から聞いたところによれば、薩摩の海野は、大坂の陣の時に薩摩に落ち延びた豊臣秀頼と真田幸村の一行に従軍した海野氏の子孫だという。もちろん、ずっと昔の話であるから、その真意のほどはわからない。しかし、それが本当であるならば、信州の真ん中という海のない土地の縁であるから、決して海が怖いわけではないが船には強くないのだ。海野与兵衛は出発前にそのように言っていた。

「そんなこと言ったって、これは近衛師団長 北白川宮 能久親王《きたしらかわのみやよしひさしんのう》が御座乗になっていらっしゃる船だ。中では最も大きく一番揺れない船だぞ。船酔いもひどすぎるのではないか」

「平蔵、そう言うなよ。俺は釣り船でも船酔いするのだ」

与兵衛は、自分の身体を持て余したように、だらしなく甲板に身を横たえながら言った。

「そんなことでは上陸してから活躍できないのではないか」

平蔵は、笑いながら言った。彼は、帝国海軍の黒の制服を着ていた。漕ぎ手頭であるから、長州出身でも薩摩閥の海軍の中で将校になれたのか、肩に徽章が付いている。

「平蔵でも許さんぞ。こう見えても陸に上がれば……」

与兵衛は、怒気をはらんで起き上がろうとしたが、しかし、船酔いには敵わず、また頭を抱えて甲板に崩れ落ちた。船酔いもしないで立っている平蔵は、ちょうど見下ろすかたちで笑った。

「お前ら、何をやっておる」

陸軍軍服を着た者が二人に話しかけた。その姿を見るなり、今までぐったりしていた与兵衛は立ち上がり、敬礼した。階級章を見ると少将である。

「お前は、長州の村上だな」

「はい」

「君の御父上にはずいぶん世話になった。似ていると思って来てみたら、息子か。私は山根信成と申す。よろしく頼む」

「村上平蔵と申します。現在、帝国海軍に所属しております。階級は少尉です」

まだ陸軍と海軍はそんなにライバル意識もなかった時代である。山根は、階級など関係なく自分の方から手を差し出し握手を求めた。のちの時代ならば絶対にあり得ないであろう姿だ。平蔵も、別に恐縮するわけでもなく、素直に手を差し出し、強く山根の手を握った。与兵衛は、そんな二人の間に立って、ずっと敬礼をしていた。

「明日の朝には到着の予定だが、敵が待ち構えていると被害が大きくなる。そのため、夜まで沖合にいて、夜半に上陸作戦を決行する。準備をしておけ」

「はい」

「今晩、北白川宮師団長殿下から訓示がある。その時はこんなにぐったりしないで、しっかりと……」

山根はそう言うと横に立ったままになっている与兵衛を見て笑い出した。

「君は」

「海野与兵衛といいます。薩摩出身で近衛師団歩兵、少尉であります」

山根はとうとう笑い出してしまった。与兵衛は緊張しているのか、あるいはひどい船酔いか、声が裏返ってしまい、目はどこを見ているのかわからないような状態になっていたのである。

「私くらいでそんなに緊張していては、これからの戦いで身体が持たないぞ。船の上では陸兵は上司も部下もない。今まで通りぐったりすることを許す。明日、師団長の前では……まあ、いいか」

「山根様は、どちらの所属ですか」

平蔵は長州出身であったが、しかし、陸軍とは全く縁のない所にいたため、陸軍の階級や人事はあまり知らなかった。

「私か。山県有朋閣下などのおかげで、長州出身というだけで実力もないのに出世できてな。今では名前だけは少将で近衛師団第二旅団長なんかになってしまった。本当は、君たちのほうが力があるかもしれないがね。だから、船の上では、皆と同じようにぐったりしておるのじゃ」

「そんな。ご謙遜を」

平蔵は、同じ長州訛りのため、今までは普通に親近感を感じていたが、思いがけず、山根の階級が高いことに驚きを隠せなかった。今まで握ったままになっていた手を放すと、慌てて敬礼をした。

「まあ、かしこまらなくてよい。私がいるとゆっくりできないかな。まあ、また明日」

山根は、軽く手を振ると、艦橋《かんきょう》の方に歩いて行ってしまった。

その日の夕方、甲板にほぼ全員が集められた。与兵衛は陸軍であるから当然のこと、艦長を除く海軍の士官も全員集合した。平蔵も北白川宮能久親王近衛師団長の前に列を作っていた。

「私が、師団長の能久である。いよいよ明日、台湾の治安維持のため上陸をする。天皇陛下の宸襟《しんきん》を安んじ奉るように、諸君も一層奮励努力するように。その手はずに関しては、第二旅団長より発表する」

壇上より北白川宮は後ろに下がった。代わりに壇上に上がったのは、昼に二人と仲良く話していた山根信成である。

「では発表する。明日は昼の間、澳底《おうてい》沖合において待機。その間、上陸準備をするように。夜半、上陸を行う。第一陣は第二旅団第一大隊、次に工作兵、第一大隊と工作兵により陣地を作り、その後、ほかの大隊が上陸。そして近衛師団本隊、しんがりに第二旅団第二大隊とする」

山根は北白川宮とは異なり、軍人らしくはっきりとしたよく通る声で、てきぱきと発言した。心なしか集団の列も直線になったような気がする。

「次に特任者を命ずる。特任者とは平時の所属とは異なり、今回の反乱平定戦においてのみ、特別に所属を変えるものを言う。まず、師団長付き本部要員として、第一旅団歩兵隊海野与兵衛少尉、第二旅団騎兵より新海《しんかい》竹太郎《たけたろう》、そして海軍より渡河《とか》参謀として村上平蔵少尉。以上三名を、明日の上陸作戦時より、特任者として近衛師団の本部要員に配属する。師団長直々の沙汰を仰ぐように」

「ええっ」

平蔵は思わず声が出てしまった。まさか、海軍から自分が陸軍の本部付として入るとは思っていなかったのである。

「村上少尉、いやか」

「い、いいえ」

「昼、おぬしと話した時に決めた。村上ならば、いかなる船も動かせるし、もともと毛利家の漕ぎ手頭の家柄だから、台湾の船や渡河方法も編み出せるであろう。もちろん、第一旅団や第二旅団にも海軍から来るから、何ら問題はない。ヨーロッパには、陸戦隊というものがあるらしい。海軍であっても陸でも戦う兵だという。海軍から特任者に指名された者は、その先例として恥ずかしくない働きを期待する。よいか」

「は、はい」

平蔵は、昼に握手をした山根とは全く違う、反論を許さない姿に、やはり思わず声を出してしまった。軍人の威厳というものはこういうものであろう。

山根は、そのあとも各旅団や師団の特任者を告げていたが、平蔵の耳には全く声が入らなかった。

「最後に、海軍の特任者以外の諸君は、第二旅団が橋頭堡《きょうとうほ》を築くまでの期間、敵兵が陸上から攻め寄せた場合に、艦砲にて応戦をできるように準備を願う。場合によっては、上陸戦のみ陸戦をお願いすることになると思うので、よろしくお願いしたい」

山根はひと通り言い終えると、ひと呼吸置いた。甲板には波の音しか聞こえなかった。誰もが、次に山根が何を言うのか、固唾を飲んで待っていたのである。山根は一応北白川宮の方を向いたが、能久親王はそれ以上話すことはないというように、手を顔の前で振った。

「よし、以上。今日はゆっくり休め。安心して寝られるのは平定するまで、これが最後だ。あと、故郷に手紙を書く者は、本日のうちに書きあげよ。本艦の艦長に託すことにする。私もそうする。以上、解散」

「平蔵、今までは俺がお前の得意な船の上だったが、今度はお前が俺の得意な陸だなあ」

与兵衛は、楽しそうに言った。いつのまにか船酔いは収まったのか、ぐったりした様子はなかった。

「ああ、何を持ってゆけばよいのだ」

平蔵は、あまりにも自分の予想外のことにさすがに驚きを隠せず、今晩、自分が何をしたらよいのか全くわからなかった。

「まあ、私物を整理しておけよ。あと銃はちゃんと持ってゆけ。それ以外は荷物になるから、あまり持ち込まないほうがよいぞ。我々など陸軍は、全ての荷物が背嚢に入る量と決められているのだ」

「そうか。まあ、なんとかするよ」

平蔵はそう言うと、自分の部屋といっても相部屋なのであるが、その中に私物の整理のために入っていった。

陸が近くなっているのか、波はかなり収まってきているようだ。平蔵には、自分がもうじき配置換えで陸軍に従軍することになる時間が身体でわかるのであった。

第一章　台湾平定

1　下関条約

明治二八年四月一七日、清国宰相の李鴻章と日本国全権大使陸奥宗光は下関において日清戦争の終戦の会談を行った。世にいう「下関条約」である。それまでもイギリスやアメリカが介入して、何度か終戦協定を斡旋したが、日本は遼東半島と台湾の領有にこだわり、ここまで長引いたのである。下関条約では清・朝間の宗藩関係解消、遼東半島・台湾・澎湖《ぼうこ》列島の割譲と賠償金の支払い、そして日本に最恵国待遇を与えること等が決まったのである。

「さて、これで台湾を手に入れることができたわけだが」

総理大臣の伊藤博文は、その髭をなでながら言った。

「なかなか交渉は大変であったぞ」

盟友の陸奥はそう言うと、細くなった病身をベッドの横の壁に預けた。陸奥宗光は病身を押して下関条約の交渉を行ったが、しかし、その交渉は困難を極め、条約に調印した時点では、一人で立っているのがやっとの状態であった。そのまま下関から東京に戻ることができず、西洋医学が充実している兵庫県舞子の療養所に滞在していた。

「無理せず、布団の中に入りなさい」

「一国の首相を前に、そのような無礼が通るはずがない」

「陽之助、そんなことを言って困らせるな。昔から頑固と無謀と強引さだけは変わらんから困るよ」

伊藤博文は下関の調印から一緒にいた。そして、そのまま兵庫の療養所にとどまって今後のことを打ち合わせしていた。医者や看護士を除けば、伊藤博文と陸奥宗光、そして伊藤の秘書ともいえる伊東巳代治内閣書記官長が同行しているだけであった。

「俊輔さん。総理が私ごときにそのようなことを言っていてはなりませんよ」

お互い幼名を言い合って、笑みを浮かべた。彼らにとって幼名で呼び合うことは幕末の昔に戻ること、要するに初心に戻ることにほかならなかった。

「あの、薩長同盟を成し遂げた坂本龍馬殿に、『二本差さなくても食っていけるのは俺と陸奥だけだ』とまで言わしめた、その外国との交渉経験や知識は日本国にとってなくてはならぬもの。なにしろ、今回もその能力に助けられたのだ」

「まあ李鴻章は台湾と遼東半島には随分と抵抗したなあ。今まで何も使っていなかったのに、日本が欲しいといえば急に抵抗する。困った国だよ、清国は」

「しかし、厄介なことになった。ロシアとフランスとドイツが、さっそく遼東半島を返せと言っておる」

伊藤は難しい表情をした。この難しい表情には二つの意味がある。一つは実際に欧米列強が介入してくることによって、日本の思い通りにならないという外交上の問題である。しかし、そのことを伊藤博文はあまり大きく悩んではいなかった。それ以上に問題なのは、このような困難になれば、目の前の病人がまた病気を押して海外に交渉に出て行こうとすることだ。陸奥は困難があれば、そこに立ち向かわなければ納得しない性格である。しかし、病身の陸奥を海外に行かせるわけにもいかない。陸奥を抑えながらこの難局を乗り切らなければならない伊藤は、深く悩んだ。

「台湾はどうなる」

「今のところ、ロシアは何も言ってきていない」

「ならば、朝鮮よりも先に台湾の始末を付けなければなるまい。俊輔さん、大丈夫。ロシアに行こうなんて言わないから」

陽之助の、病気の中でありながら作った笑顔に、伊藤博文のほうが癒やされた感じであった。

「台湾も少々問題が出そうだが」

「で、誰を台湾に行かせるのだ」

陸奥は当然な疑問を投げかけた。

「通常ならば、治安や反乱に備えて陸軍出身の政治家であろう」

「しかし、陸軍出身は今の欧米の状況から考えれば日本国内にとどめ置き、朝鮮に備えなければならないであろう」

陸奥宗光は病床にありながらも、海外の圧力やそれに備えなければならない日本の国内事情はよくわかっていた。

「そのような適任がいるであろうか」

「俊輔さんらしくない。日本は人材の宝庫だよ。台湾ならば西郷従道《さいごうじゅうどう》さんに聞くのが最もよいであろう。台湾に出兵もしているし、戊辰の役の時は陸軍、今は海軍だ。西郷さんならばなんとかしてくれるであろう」

「巳代治、聞いたか。すぐに閣議を開く。閣僚全員をここに呼んでくれ」

伊藤博文は決まると行動が早い。陸奥宗光の言葉で何かを感じたのであろう。すぐに閣議を開くという。

「ここは兵庫の病院ですが」

「陽之助、よいな」

「もちろんだ。本来なら私が東京に行かなければならないが、この体調では行けそうにない」

「今回の閣議は下関条約について、だから外務大臣はどうしても出席しなければならない。その外務大臣が病気でここにいるならば、ほかの閣僚がここに集まればよい。巳代治、そういうことだ」

「はい、すぐに招集いたします」

伊東巳代治は今まで取っていたメモを置くと、すぐに飛び出して行った。

「あの青年をずいぶん買っているのだな、俊輔さん」

「陽之助、龍馬さんに気に入られた時、どう思った。意気に感じて仕事ができるようにならなかったか」

「いや、逆に周囲の妬みが酷かったよ。伊東巳代治にそれを跳ね飛ばす力があるか、それが問題だよ」

2　閣議紛糾

数日後、兵庫の療養所において閣議が開催された。日本においては、まだ閣議などに関してもそんなに厳しいしきたりはなかったので、本人たちの合意があればそれでできてしまった。しかし、「超然内閣」といわれる維新の元勲を並べた、歴史上では「第二次伊藤内閣」といわれる大臣の面々は、「なぜ神戸まで来なければならないのだ」ということを平気で口に出す者も少なくなかった。そのような中での閣議開催である。

「さて、三つ目の議題だが、台湾総督を誰にするかということを皆さんに諮りたい」

これまで日清戦争の経過報告と結果報告、そして下関条約の交渉経過と結果について、第二の議案としてフランス・ドイツ・ロシアから遼東半島を返却すべきという、いわゆる「三国干渉」への対応についてが話し合われた。ここまでの話で、下関条約の経過報告も伊藤博文が行い、陸奥宗光はベットの上で横になったまま何も言わなかった。

「占領地の総督は、当然に住民の反乱などが予想され、治安維持から制度の策定まで全てを行わなければならない。世界各国の趨勢として、これらはわが陸軍が受け持つことが常道と考える」

陸軍大臣であった大山巌は間髪を入れず大声を上げた。

「あいや、しばらく」

今まで何も話さなかった陸奥が口を開いた。肺結核であった彼の言葉は非常に苦しそうであったが、かなり大声を上げて話をしていた。

「帝国陸軍には、これより世界最強といわれるロシアのコサック騎兵に対する対応をお願いしなければなりません。ロシアは三国干渉に飽き足らず、朝鮮半島まで南下する可能性があり、それを食い止めるのは陸軍しかありますまい。現在の陸軍に、朝鮮半島と台湾の双方を敵に回すのは厳しいのではないか」

「うるさい、死にぞこない」

大山は立ち上がって怒鳴りつけた。その怒鳴り声は、病室を越えて療養所全体に響き渡るほどのものであった。急に立ち上がったので大山の椅子は後ろに跳び、後ろに座っていた大蔵大臣の松方正義に当たった。松方は迷惑そうにしながら、倒れた椅子を元に戻した。

「わが帝国陸軍がそれくらいで潰れるものではあるまい。それにロシアを敵にするのは、陸軍ではない。この日本帝国全てが敵になるのだ。机の上だけで交渉している者には戦場

の土はわかるまい」

「ああ、わかりません。しかし、戦場で決着がつかないことを条約で決着をつけた。大山閣下にはそのことはわかりませぬか」

「しばらく」

陸奥が、結核で咳き込んだところで、先ほど椅子が当たった松方が声を上げた。

「わしは、椅子も当てられ、なんだかよくわからんが、ガマどんの意見には賛成しかねる」

松方正義は、椅子をあてられたことに怒っているのか、大山のことを「大臣」などとは言わず、わざとその容姿からくるあだ名である「ガマ」と言って話をした。

「なんと」

「おいも戦に行ったことはないし、戦のことはよくわからん。戊申の役ですらあまり経験をしておらんが、しかし、おいのことからいえば、日本はそんなに金があるわけではない。それに、そもそも日清戦争で人も沢山死んでおるじゃろ。兵もない、金もない。金がないということは、そのまま武器も弾薬もない。そんなんで北のロシアと南の台湾、両方どうやって戦えるのじゃ」

「金がないだと。そんなんは松方、おまはんの仕事だろう」

大山は立ったまま向き直って怒鳴りつけた。ガマガエルがちょうど真っ赤になって怒っているかのような様相は、怒っているのになぜか滑稽に見えた。同じ薩摩出身の黒田清隆などは、吹き出しそうなのを抑えるのがやっとだ。

「おお、おいの仕事じゃ。それでも限界があるわ。ガマどんがおいに向かって戦争のことがわからんというように、ガマどんは金のことはわからんじゃろ。戦においが口出さんのと同じで、ガマどんも金のことには口出しすんな」

大山は、やはり軍人だ。大山巌といえばめったに怒らず、そして常に冷静に黙って座っているというイメージがあるが、しかし、薩摩の人間に薩摩弁で言われると、子供のころに戻ったようにすぐに拳が上がった。しかし、その拳を止めることができるのも同じ薩摩の人間なのである。

「弥助どん。座れ」

西郷従道はすっと立って、大山が振り上げた拳を手首のところで握り、全く大きな声ではないのに周囲の者がその言葉に逆らえないような雰囲気の重みのある言葉を放った。

「信吾さん。すまん」

大山は、それまで赤いガマガエルのようになっていた顔からすっと怒りが引いた。そのままおとなしく座ると、俯いてしまった。

「皆さん、私の従兄弟がお騒がせして申し訳ございません。大山大臣は皆さんの言っていることがわからんのではないんでごわす。陸軍を代表してここに来ているので、陸軍の命をかけて戦っちょる兵隊さん一人ひとりの気持ちで、皆さんに意見申しました。陸軍の兵隊さんは、今大山が言ったような、一人で千人の敵を向こうに回しても一歩も引くことのない覚悟で戦ってごわす。大山も、金のことや難しいことがわからんのではないんです。皆さん辛抱してつかわさい。この通りです」

信吾さん、と言われた海軍大臣の西郷従道は、閣議に集まった多くの閣僚の前で深々と頭を下げた。西郷従道は、維新の三傑といわれた西郷隆盛の弟である。西郷隆盛が西南戦争を起こした時、西郷従道は東京において陸軍卿代行として留守を守った。大山巌はその時、従兄弟である西郷隆盛が籠もる城山に対して、攻城砲隊司令官として砲撃を加え続けた。それを薩摩の人々に対して申し訳なく思ったか、西南戦争以降大山は、一度も薩摩に戻っていないのである。その自責の念は西郷従道に対して最も大きく残っていた。西南戦争以降、従道が口を開くと大山は一切口答えしない。そんな暗黙の了解があった。

「ところで、弥助どん。今回の件、台湾ということだが、おいに任せてはくれなんだかなあ」

西郷は大山を座らせ自分も座ったのちに、おとなしく、そして西郷従道らしくどこかひょうきんな響きを残しながらそのように言った。その言葉に、事前に調整していた伊藤と陸奥、そして伊藤巳代治以外、全員が意外そうな顔をした。西郷は兄隆盛のことがあってから、なるべく政治には口を出さないことで有名であった。何が来ても「なるほど」しか言わず「なるほど大臣」と揶揄されても笑顔で何も言わない。何か問題があっても一切口を出さずに、部下に任せっきりである。そのような人物が、台湾総督の人事について自分から声を上げるなど、誰も予想しなかった。

「信吾さん、何かあてでもあるのかのう。下手な人選をすれば、大日本帝国の恥でごわす。陸軍は、軍隊は派遣できなくても、総督を持っていくくらいはできるでのう」

やはり「信吾さん」と呼ぶのは、無任所の大臣で枢密院議長になっていた黒田清隆である。黒田も薩摩出身で、西郷隆盛を尊敬していた一人であり、西郷従道と親しい人物であった。西南戦争の時は一度熊本に行くが、すぐに北海道開拓使長官として北海道に行ってしまい、西郷隆盛と干戈《かんか》を交えることはなかった。

「了介さん、日本は今でこそ陸軍海軍別れちょりますが、戊辰の役のころは皆どちらもやってごわした。おいも、今でこそ海軍大臣でごわすが、昔は陸軍で、今でも馬に乗れますでのう。皆知らんかもしれないが、横浜のレース倶楽部で、私の馬だったミカン号に乗って外国人を蹴散らしもうした。今でも騎馬隊をやらせれば、陸軍の若い兵隊には負けはせんよ。機会があれば、海軍大臣の乗馬講座でもしようか」

西郷従道は笑った。なぜか、西郷が話し始めると場が和やかになる。大山もいつの間にか合わせて笑っていた。

「で、誰を」

「陸軍ならば、今は何もしていない山県有朋でござろう。しかし、彼は残さなければなるまい。また、山県狂介の性格は台湾の人に反感を買うでござろう。政治ができて陸軍も理解して、海軍で手が空いているといえば一人しか居申さんではなかとです。樺山君に行ってもらおうと思うちょります」

「樺山資紀《かばやますけのり》か」

伊藤は、海軍に任せるとは言ったが、その人選が樺山とまでは聞いていなかった。しかし、樺山資紀と聞いて納得したのである。確かに、陸軍もわかり海軍もわかり、その上で政治もできる。性格的にも豪胆で台湾に妥協したり、また、清国が攻めてきても守りきる。そんな人物は確かに樺山しかいなかった。

「信吾さん、このままでは陸軍に人材がいないことになってしまいます。おいはどうしたらよかとですか」

大山巌は、樺山という名前を聞いて納得したが、

「弥助どんは、副総督を出してくりゃんしょ。それでよかとです」

西郷従道は、にっこりと笑って大山の肩を叩いた。大山の顔はなんとなく明るくなったように見えたのである。

3　初代台湾総督の初仕事

樺山資紀は不機嫌であった。

兵庫で行った閣議の内容は当然聞いていた。自分が初代の台湾総督になるということに異存はない。しかし、日清戦争の講和条約が交付されたにもかかわらず、台湾は騒然としていた。

「どうも、清国の連中が台湾に入り込んで台湾独立と騒いでいるらしいなあ」

副総督の高島鞆之助《たかしまとものすけ》は、当時から豪快な髭を蓄えた薩摩男児である。大山巌は副総督を出すということで、樺山が豪快すぎるほど豪快な人間であるから、謹厳で樺島とうまくやっていける薩摩男児を選んだのである。

「そうだ。台湾引き渡しの前に、『台湾民主国』なるものを建国したらしい」

樺山は、日清戦争の時から座乗している西京丸の甲板の上で、遠くこれから行く台湾の方向を見据えたまま言った。

「あくまでも日本国に服するのは嫌ということか」

「いや、清国の連中は、日清戦争の意趣返しをしようとしているのであろう。三国干渉に入れてもらって清国の領土に戻るとでも思うておるのか」

「まあ、ここで怒っても仕方がない。明日、とりあえず清国との間で引き渡し式だ。それまではおとなしくしておこう」

「鞆之助。お前は式に出なくてよいから、台湾の情報を手に入れておいてくれ」

「わかった。そうしよう。そもそも式典とかそういうのは苦手だからのう」

高島鞆之助は蓄えた髭に手をやりながら笑って言った。樺山資紀は、そのような細かいところを気にする男であった。式典に出るとかそういうことではなく、実質的にどうするか、意外と慎重で用心深い、それでいてその場に立たされると、急に豪胆になるという掴みにくい性格なのだ。しかし、高島にとっては、同じ薩摩であるからそのような樺山の性格も熟知していたのである。

翌日明治二八年六月二日、台湾の基隆《きいるん》沖に停泊していた日本船「西京丸」に、清国の代表である李経方が乗船してきた。もともとは商船であったが、日清戦争で徴用し特設砲艦になって、そのまま樺山資紀が座乗している船である。一応控えの船室もあれば式典を行えるようなホールもあったが、天気も良かったので、甲板で引き渡しの調印式を行った。

「ところで、李さん」

樺山は、全ての調印が終わって形式上は引き渡しが完全に終わった後に、全権大使の李経方に話しかけた。李は、なぜかびくびくしていた。

「台湾民主国という国家ができたとかできないとか。先ほどの条文にも入れていましたが」

「私には何のことだかわかりません。本国で作った文章ですから内容までは私はあずかり知らぬこと、そのような国ができたと聞いたので、あまり事情を知らず文章の中に入れたのでしょう」

李は少し声を震わせて言った。樺山は条文の中に台湾民主国という言葉を見て、すぐに削除を命じている。李は何も言わずにそれに従っている。

「聞くところによると、清国湖広総督張之洞《ちょうしどう》等が動いていると聞きますが」

「まさか」

李は、汗を拭くような仕草をしながら、少々照れ笑いをしながら樺山に背を向けた。

「そうですか。それはあらぬ疑いをかけて失礼した。そうですよねえ。孔子を生んだ国清帝国が、まさか条約を違えて裏でこそこそと陰謀を仕掛け、台湾民主国のようなことを扇動するような真似をするわけはありませんよねえ」

樺山は、わざと、ほかの清からの使者などにも聞こえるように大声で言った。

「それは当然ですよ」

李は、懐から清国でよく使われる大型の扇子を取り出し、ゆっくりと動かしながら樺山の方に向き直った。

「では、台湾における抵抗運動は全て日本帝国の内政上のことであるから、存分に討ち果たしてかまわないと、そういうことですな」

「清国としては何ら関係はありませんし、また、台湾民主国なるものに支援をすることもないでしょう」

「その言葉お忘れなきように」

樺山はそう言うと、李が乗ってきていた小型船の方に李を送るような仕草をした。特に調印式の後、パーティーをするような雰囲気ではなかった。

梯子を降りようとしている李に樺山は、もう一度声をかけた。

「この後、台湾に上陸して台湾民主国を見学されませんのかな」

樺山にしてみれば、清国が支援しないということを伝えに行くものだと思っていた。

「まさか。今、このような条約に調印した私が台湾に上陸すれば、台湾住民に暗殺されるだろう」

小型船は、そのまま沖に泊まっている非武装の大型船に近づき、そのまま去っていったのである。

「そういうことだ」

「台湾は骨が折れそうですね」

民政局長に任命された水野《みずの》遵《じゅん》が横で答えた。水野は徳川御三家でありながら、いち早く新政府に従った尾張藩の出身。もともと醤油屋の息子で明治になってから清国への留学経験がある。また、清の言葉を勉強していたので、明治七年に西郷従道が台湾に出兵した後の見聞などにも政府に遣わされている、明治政府の中でも清国通である。前職は衆議院書記官長であったところ、今回の台湾総督設置において伊藤内閣から台湾民政局長の任に補されたのである。

今回、西京丸の上では李経方との間の通訳を水野が行っていた。

「清国というのは、そんなに人を騙すところか」

「孔子の『信なくば立たず』という言葉がありますが、清国人はそもそも信頼という言葉を知らないようなところがあります。信じれば裏切られる。これが私の清国の印象です」

「清国通の水野君がそのように言うのだから、そうなのであろうな」

そこに、高島がやってきた。高島の周囲には、先ほどの清国の使節が反乱を起こさないように、完全に武装した兵が数名付き従っていた。

「鞆之助さん、もう清国の人々は帰りましたよ。大丈夫」

「軍人だからね、一応常在戦場だよ」

「なるほど、鞆之助さんらしいや。で、どうした」

「三貂嶺《さんちょうれい》で若干の抵抗があったらしいが、近衛師団の敵ではなかったらしい」

「我々が上陸する時もそうあってほしいものだね」

樺山は、高島とともに艦橋に上がっていった。

4　告白

明治二八年五月二九日に上陸してから、抵抗らしい抵抗もなく、「破竹の勢い」というよりは「無風の荒野」を進むがごとき行軍を続けていた。上陸から二〇日以内に、台湾でも最も大きな都市である台北に入ることができたのである。

台北は、それまで「台湾民主国」の総統である唐景崧《とうけいそん》が清国出身の官僚や兵を集めて抵抗する構えを見せていた。しかし、六月二日に李経方と樺山資紀の間で台湾委譲手続きが正式に行われ、なおかつロシア・フランス・ドイツの三国干渉が台湾にまで及ばないということが明らかになると、唐景崧自身、早々に台北を放棄し淡水に逃亡し、その後ドイツ商船のアーター号に乗船して廈門へ逃れてしまうのである。

指導者を失った台湾民主国は一時混乱し、台北は清国出身者の略奪横暴によって犯罪天国のようになってしまった。台湾民主国の主力は唐景崧と一緒に台北を出てしまっていたので、後には「ならず者」と基隆の敗残兵しかいなくなってしまったのである。この時、台北の町人や有力商人が集まって、秩序を回復するために日本軍と協力することを決定する。辜顕栄《こけんえい》が使者となって日本軍を引き入れ、台北は戦うことなく日本軍の手に入ったのである。近衛師団は、警察の代わりに治安維持に努め、台北の市民に感謝される結果になったのである。

近衛師団はその勢いのまま台北から抵抗勢力である「台湾民主国」を追って淡水まで進軍、しかし、ここでも抵抗らしい抵抗は全くなく、淡水から兵を二つに分け、太平洋側の花蓮経由で高雄に向かう軍と、台湾海峡側の新竹経由で高雄に向かう軍に分けたのである。

新竹入城後、新竹《しんちく》を一つの拠点として北白川宮は少し落ち着くことになった。新竹市内の古い寺の講堂を拝借し、そこを近衛師団の本陣とした。北白川宮の意向により、拝殿と本殿は「街の人の物だから」ということで、今まで通り、台湾の人々が自由に参拝できるようにし、自分たちは横の講堂に本陣を移したのである。

「ずいぶん遠いところまで来たなあ」

薄暗い行燈の明かりの中で、北白川宮は、独り言のようにつぶやいた。

「はい」

近衛師団本部要員となった村上平蔵は、北白川宮と同じ机を囲んで座っていた。ほかに、新海竹太郎が一緒に座っていたが、海野与兵衛は建物の外で護衛番をしていた。本陣とはいえ、一般の人の参拝を認めているので、いつ反乱軍が入ってくるかもわからない。一個小隊を常に本陣護衛として付けておかなければならない状態には変わりはなかったのである。

「今日は暑いからなかなか寝付けない。少し昔語りでもしようか」

北白川宮は、少しぬるくなったお茶をすすると、口を開き始めた。

「だいたい君たちは、なぜ皇族の私がこんな台湾に来させられるのか、こんな遠くまで来なければならないかわからんだろう」

「えっ、いや、それだけ天皇陛下からご信任厚くあらせられ」

新海は、あまりに唐突な質問に少々慌てた感じで話をした。

「その逆だよ」

北白川宮は、少し自嘲気味に苦笑いを浮かべながら話を続けた。

「実は、私は今の陛下に二回も謹慎処分を食らっているのだ。それも、一回は完全に反逆罪だ」

「殿下、何をおっしゃるのですか」

新海は、さすがに驚いて話を止めようとした。

「よいではないか。今は君たちしかいない。もう少し話させてくれ」

新竹の古寺とはいえ、当時はまだそれほどの都会でもない。いや、寺はある意味で戦略上の要衝に作られており、市街地にあるわけではない。そのために、寺の周囲は竹林と低木の茂みで覆われており、非常に蚊が多かった。北白川宮は、手で蚊を追いながら、話を続けた。

「まだ、今の陛下が皇太子だったころは、私は幼馴染みとしてよく一緒に遊んだものだ。しかし、伏見宮家には子供が多かったことから、有栖川宮幟仁《たかひと》親王の弟、輪王寺宮慈性入道《りんのうじのみやじしょうにゅうどう》親王《しんのう》の附弟となり、得度し、公現と名乗っていたのだ。そして江戸は上野寛永寺に入って、寛永寺貫主・日光輪王寺門跡を継承したのだ。しかし、その翌年の一月、鳥羽御香宮《ごこうのみや》で徳川軍と薩長が戦争を始め、そのまま戊辰の役になった。あのころは若かったし、また、江戸の寛永寺にいたから、まったく世の中がわかっていなかった。当時江戸では徳川慶喜はまだ将軍といわれて絶対的な権力を持っていたからな。その慶喜がわざわざ寛永寺まで来て頭を下げて頼むから、当時東征大総督で血縁の有栖川宮熾仁《たるひと》親王のところに、戦争をやめてくれるように頼みに行ったんだ」

蚊が止まっていたのか、北白川宮は、自分の右手で右の首筋を叩いた。しかし、蚊はつぶれなかったのか、北白川宮は、手で蚊を追うような仕草をした。新海も村上も、団扇で風を送って蚊を止まりにくくするしかなかった。まさか皇族で師団長の顔に、蚊が止まっているからといって叩けるはずがないのである。いや、実際に肌に触れることであっても憚られるほどであった。後の時代よりもはるかに上下の別は緩かったとはいえ、その辺のマナーは変わらなかった。

「しかし、有栖川宮熾仁親王は厳しい人だったし、当時の新政府軍、今の政府軍は、絶対に徳川を倒さなければならなかったんだな。私には若くてそのようなことはわからなかった。そのために『坊主になったお前が将である私に意見する気か』と言って、帰されたのだ。熾仁親王は、その後寛永寺に戻っていた私に、京都に行くように手紙を送ってきたが、私も会いに行った時の熾仁親王の態度に怒ってたのかな。そのまま彰義隊が上野で戦争を起こした時に、彰義隊側で戦ったのだよ」

「えっ、殿下が彰義隊の側で」

さすがに村上平蔵が声を上げた。「賊軍」の将に皇族がいたということになるのだ。にわかに信じられる話ではない。

「そうじゃ。しかし、多勢に無勢。その上本陣の江戸城は無血開城で総大将の慶喜はさっさと城を出てしまうのだ。これでは士気など上がるはずがない。新選組も彰義隊も皆ばらばらになって、私も榎本君の乗った長鯨丸へ乗り込み、東北に逃げたんだ」

北白川宮は、今度は足のほうに蚊が止まったのか、そちらを見て手を振りかざした。村上は、貧乏ゆすりをする癖があったので、足元の蚊にはさすがに気が付かなかったのだ。

「東北に行ったら、奥羽越列藩同盟といって、伊達や上杉、庄内の酒井などがこぞって連合を組んで、新政府軍に対抗するという。その時はすでに熾仁親王に対する恨みばかりであったのか、あるいは対抗意識もあったのかもしれない。いや、熾仁親王を超えるためには自分が天皇になるしかないと思って、日ノ本の国から独立し、東武天皇として東北を治めるというようなことも言っていたのだ。単なる対抗意識で全体を見ることができなかった。あの時に分裂していれば、当然、両方ともに欧米列強に飲み込まれていたであろう。しかし、そのころはこのようなことはわからずにいたのだな」

北白川宮はお茶を飲み干すと、一度席を立って、奥から酒の甕を持ってきた。酒を飲みながら続きを話すのである。

「しかし、皆知っている通り、伊達も上杉も、そして会津も抵抗はしたが、やはり新政府軍の敵ではなかった。結局、奥羽追討平潟口総督四条隆謌《しじょうたかうた》のところに降伏状を持って行き、実家の伏見宮家で蟄居謹慎だよ。まあ実家に戻れて、なおかつ、武士みたいに切腹しなくてよかったから今でも生きているがな。しかしそんな感じで、京都の知り合いの中で自分だけが幕府側に付いたのだから、恥で死ぬよりもつらい思いをしたのだ。幼馴染みの今上陛下の思し召しで還俗し、伏見満宮と名乗り、その後、北白川家を継ぐことになる。それが今の名前だな」

ここで、茶碗に入れた酒を一気に飲み干した。蚊は、酒臭いところに集まる。徐々に、酒の匂いに誘われて蚊が北白川宮の周囲に集まるようになった。新海も村上も一生懸命扇いで風を送り、蚊が寄らないようにしたが、しかし追いつくものではなかった。

「それでは、謹慎は一回ではないでしょうか」

「いや違う。その後があるのじゃ。許されて、還俗して宮家ももらった。敵対していたのにだよ。これはすごいことだ。人間はそのようなことになると、なんとか、今度は新政府の役に立とうと思うものだ。榎本武揚君もそうであろう。今は大臣をやっておる。私は四條隆謌に誘われて、陸軍に入るのだ。彰義隊の時の経験もあるしな。そこで、ドイツに留学する。ドイツに行くと、貴族の屋敷に案内され、そこで下宿をすることになる。私が行ったところは、たまたま未亡人が一人で住む屋敷だった。その未亡人がこれがまたきれいな女性で。こっちも若いし、先日まで坊主の世界で女性などいなかったから、当然に独身だ。蟄居謹慎で女遊びもできないからな。きれいな未亡人と女性経験のない皇族で一つ屋根の下に住んでいれば、自然と仲良くなるだろ。ついついその女性、ベルダといい関係になって、そのまま婚約してしまったのだ」

「えっ…ええっ」

さすがに村上も驚くしかなかった。何しろ日本の皇族が、一度天皇家に反旗を翻したとはいえ血のつながっている宮家が、ドイツ人と、それも未亡人と婚約とは、さすがにあり得ない話である。

「驚くのも無理はない。しかし私からすれば、すでに一度蟄居謹慎している。還俗したとはいえ、皇族としてではなく一軍人として、ということしか考えていなかった。まさか、自分の好きな女が、たまたまドイツの未亡人だったからと言って、そんなに大きな問題になるとは思っていなかったのだ。しかし、今から考えれば大変なことだわな。日本の政府は大慌てであったよ。先にドイツの新聞が婚約を報じ、その後天皇家に許可をもらおうとしたが、とにかく帰ってきて報告しろと言うから日本に帰ってきてみたら、案の定、岩倉具視などが私を軟禁して、無理やり婚約を破棄させてしまったのだ。ベルダにはかわいそうなことをしたと思っておる」

「なんと申し上げてよいやら」

「まあ皇族になれば、戦争の時にどっちに付くということも、また、好きな女性と結婚することも自由ではない。そのようなことをすれば、それが天皇家に大きく影響してしまう。そういうものだ。当然に、婚約破棄をした後、政府は私に対して蟄居謹慎だよ。それで二回目。まあ、これだけ明治政府に迷惑をかけていれば、台湾の地にも送られる。そういうものだよ」

「いや、殿下はそのような経験が生かされることができるので、あえてこの難局の台湾平定に来られたのであると思います」

北白川宮は、新海のそのような言葉になんとなく機嫌がよくなったのか、残りの酒を一気に飲み干すと立ち上がった。

「まあ、昔話だ。今日は蚊が多い。ほかにも話そうと思ったが、次の機会にしよう。今日は寝るぞ。後は頼む」

北白川宮は、そのまま奥に引き下がっていった。

「聞いたか」

新海は言った。

「ああ」

「絶対にほかに言ってはならぬぞ」

「うん」

「全体の士気にかかわるからな。まさか反逆の将に率いられているとなれば、困ったことになってしまう」

「新海さん、しかし、どうでしょう。そのほうが人間味があるように思いますが」

「村上さん、私もそう思うのだが、しかし、中にはそのように受け取らぬ者も出てくるからな」

村上は女手のない陣中で、洗い物などの身の回りの世話を行っていたため、この時も茶碗を甕の水で洗いながら言った。新海は翌日の朝の準備をして、銃を手に取った。

「さ、交代だ。次はこの新海竹太郎が警備に行ってきます」

5　台中戦況

「新竹は何をしている。近衛師団はどうしたのだ」

樺山資紀は大声を上げた。

「もう一〇日も連絡がつかないなどということがあるか」

六月一七日、樺山資紀は始政式を台湾総督府で行い、民政局を始動させた。水野遵は、台湾や清国の経験があったためにすぐに対応し、台北市民の中から台湾総督府の職員を採用した。台湾の民政が始まったのである。

樺山は台北が無血開城して、このまま順風満帆に物事が進むと思っていた。そのために、台北の中における清国からの商人や軍人で抵抗の意志のない者に対して、淡水を拠点に帰国事業を行ったのである。抵抗する者に対しては近衛師団は強かったし、また数の上でも、台湾民主国の軍勢を大きく上回っていたのである。しかし、その近衛師団の進撃が新竹あたりから全く動かなくなってしまい、連絡もなくなってしまったのである。

「近衛師団は皇族北白川宮能久親王殿下が直接指揮をされている。御身に何かあったらどうするのだ」

樺山資紀は、誰かに言うでもなく大声でまくし立てた。

「総督、あんたさんがそんなに慌てたらあかん」

高島鞆之助は、軍装で樺山の前に現れた。

「どうした、その恰好は」

「このままにしておいたら、総督が直接、兵を出しかねないからな。そのために副総督がいるんだ。私が新竹まで台湾総督府軍務局の兵を連れて行こうと思う」

「輌之助がか?」

「今総督が言った通り、北白川宮に何かあったら一大事だ。ましてや敵の捕虜にでもなったら目も当てられないだろう。そうならないように副総督であるこの高島輌之助が、自ら軍を率いていこうと思う」

「そんなこと言って、お前まで何かあったらどうする」

「そのために副総督なのだよ」

高島は笑って言った。

「さあ、出撃許可をくれ」

「しばらく」

そこに入ってきたのは警保局長であった大島久満次《おおしまくまじ》である。

「近衛師団から伝令が参りました」

「なに、すぐにここに通せ」

入ってきたのは、村上平蔵であった。

「君は」

「帝国海軍少尉、現在台湾平定軍近衛師団近衛師団長本部付を命じられております、村上平蔵です」

「海軍の者が近衛師団にいたのか。ああ、私が台湾総督の樺山資紀である。そしてこちらが副総督の高島鞆之助だ。報告したまえ」

樺山資紀は、今まで激高していたのを取りつくろい、椅子に腰かけながら言った。しかし、イライラしているのか、右手は固く拳を握ったままであった。

「はい、申し上げます。一時、新竹竹東《ちくとう》地区の民衆が一斉に蜂起し、取り囲まれて一時連絡ができなくなりましたが、現在は新竹における治安も復帰し、なんとか元に戻りました。しかし通信は寸断され、連絡が取れない状況にあります」

「ふむ、それで村上君がここに来たのか」

「はい。北白川宮師団長よりの命令で、伝令にて通信を行うとのことでございます」

樺山は少し落ち着いたのか、拳を解いて机の上に手を乗せた。

「で、戦況はどうだ」

「七月一三日、近衛歩兵第三連隊第六中隊の一個小隊、三角湧にて敵襲に遭い伝令として脱出した一名を除き桜井特務曹長以下三四名全員戦死など、敵の襲撃は苛烈にして執拗に行われ苦戦しております」

「ふむ」

樺山は椅子に深く腰掛けたまま腕を組んで考え込んだ。

「総督、内閣と大本営にその通り連絡しよう」

「それしかないな。それで、ほかはどうか」

「詳しいことは、北白川宮師団長による手紙に書いてございます。少々失礼いたします」

村上は頭を深々と下げると、いきなり軍服を脱ぎ始めた。

「どうした」

高島は慌てて止めようとしたが、樺山はそのまま見ていた。

「伝令書か。輌之助、海軍では、伝令書は水に濡れないように油紙に包んで、下着の内側に首からぶら下げておくのだ。そうすれば波飛沫くらいでは濡れないからな。村上君は海軍の少尉だから、そうやって持ってきたのだ。少し待ってやってくれ」

緊迫した総督室が少し和んだ気がしたのは、高島だけではなかった。その場にいて、ずっと黙っていた大島久満次もその様子を見ていた。はたして、下着の中からはオレンジ色の油紙に何重にも包装された紙が出てきた。中には北白川宮能久親王の花押が書かれていた。樺山は花押を確認すると押し頂いて封を開いた。

そこには、樺山たちにはわからないような現場の内容が書かれていた。

台湾民主国は、唐景崧が淡水から清国に逃げた後しばらく混乱し、その間に近衛師団は台北から新竹まで進攻したこと。しかし、その後清国雲南省出身の劉永福《りゅうえいふく》というならず者の集団「黒旗軍」の首魁《しゅかい》が、実質的な指導者として台湾民主国を組織している。そして、何人かの地方官や将校と無数の庶民たちは、「死すとも投降せず、台湾と存亡を共に」と、約二万人が抵抗を続けているとのこと。「日本軍は婦女を暴行し、家屋の中を荒らし、田畑を奪う」と台湾民主国の人間たちが触れ回ったために、台湾各地の老若男女は義勇兵として郷土防衛のために抵抗し、日本軍は補給などもままならない状態である。まさに、苦戦の中で苦戦を強いられていることが書かれていた。そして文末には、北白川宮の言葉で「この嘘の悪評が台北に入れば、台北周辺も反乱が起きることになる。総督府は、援軍を出すのではなくまず治安に努め、民心を掌握し、足元の反乱を鎮圧することに注力すべきである。軍のことは軍に任せておいてほしい」とのことであった。

「大島君。北白川宮師団長のありがたい申し出の通り、まず治安を維持するように。そして水野に言って、民心掌握できるような政策を発表するようにしてくれたまえ」

「はい。了解いたしました」

大島久満次は敬礼すると総督室を後にした。樺山は、あえて大島を警保局の局長にした。大島は、水野と同じ尾張藩の出身で、豪農永井《ながい》匡威《まさたけ》の五男である。一等警視・大島正人の養子となり、その後政治の道に進むことになる。もともと豪農の出身ながら文才はあり、一族そろって、今でいうインテリな家系であったようだ。ちなみに、文学者永井荷風は、大島の血のつながった本家の甥である。

「さて、村上君」

樺山はやっと椅子から立ち上がり、服を着終わった村上の横に立って肩に手を置いた。

「そのような中伝令に来ていただいてありがたく、その労をねぎらいたいのだが、北白川宮師団長に文書を届けてもらわなければならない。ここにいる高島副総督と一緒にしばらくお茶でも飲んで休んで、その後すぐに師団本部に戻ってもらえるかな」

「はい」

「高島、この総督府を一周したら戻ってきてくれ」

「わかった」

この日、樺山は村上平蔵を戻した後、本国に打電。七月一六日、台湾情勢は「百事至難の境遇に在る」と認識を改め、「速に鎮定の奏功を望」むので「鎮定までの間は法規等に拘泥せず万事敏捷に相運候筈に申合せ」る、とした八カ条を内閣閣令として通達し、また師団の増派を決定したのである。

6　皇族薨去の代償

村上平蔵が師団本部に戻った後、台湾平定で最も激戦といわれた彰化八卦山の激戦があった。八卦山は高所から下を臨み、台湾南北の交通の要となる道路を見下ろす立地であり、台湾での大きな戦争は必ずここで起きるという場所だ。八卦山の戦いでは、全台義勇軍統領・呉湯興、黒旗軍統領・呉彭年などが戦死するほどの激戦であった。現在でも台湾南部の八卦山に八卦山乙未抗日烈士紀念碑公園が存在し、当時の大砲が二門と北白川宮能久親王の像がある。また、この戦いに関しては、当時軍医として従軍していた森鴎外を主人公にした映画、『一八九五乙未』（二〇〇八年・台湾）などがある。

また大莆林《だいふりん》（現在の嘉義県《かぎけん》大林鎮《たいりんちん》）の戦いでは、義勇軍が日本軍に大勝し、日本軍が一時のである。

撤退するという「日清開戦以来未曾有の出来事」となり、近衛師団は苦境に立たされていた
「お茶は欠かせないからな」

新海竹太郎は、北白川宮師団長にお茶を淹れながら言った。

「それにしても、日本にあるような蚊取り線香はないものかなあ」

海野与兵衛は、手で蚊を払いのけながら言った。最近では通信もままならないばかりか、伝令もたまに台湾の民兵に襲撃された。しかし、村上平蔵・海野与兵衛・新海竹太郎の三人は相変わらず無事であった。

「師団長殿下が最も苦しまれているからな。しかし、今はそれどころではない。水も満足にないし、また食糧もあまりないのだ」

補給路が時々断たれてしまうために、食糧などが少なくなったりもした。北白川宮師団長は、常に「将兵に先に回すように」と言って、自身は一日一食しか食べない時もあったのだ。

「ところで、最近師団長殿下はお身体の具合が悪いのではないか」

「うむ、私もそれを心配していたのだ」

新海は、そのように言うともらってきた地元の饅頭を持って席を立った。

「ご注進」

そこに兵が入ってきた。

「近衛師団第二旅団の大田二等兵、伝令に上がりました」

「なんだ」

海野は、すぐに対応した。

「報告いたします。山根信成第二旅団長ご病死。しばらくは旅団付将校にて指揮を行いますが、今後のご指示を師団長に伺いたく……」

大田という者は長距離を走ってきたのか、その場で倒れてしまった。

「どうした」

「与兵衛、だめだ」

村上は、頸動脈に当てた手を放すと首を横に振った。腰や太ももに複数の銃弾があり、なおかつ背中には大きく中国の青龍刀のような刀で切られた跡が残っていた。

「何事か」

熱で少し赤い顔をした師団長が奥から出てきた。大田二等兵のポケットには、山根信成の手紙が入っていた。

「山根旅団長がお亡くなりになりました」

「戦死か」

「いえ、手紙によれば、熱病のようにございます」

「私と同じか。森という軍医に聞いたらマラリアという風土病らしい。もうこれ以上は無理かもしれんな」

「師団長殿下、気を確かにお持ちください」

新海は師団長を支えて奥に引き払おうとしたが、北白川宮はその手を振りほどいて、表に出てきた。

「第二旅団は、この能久が直接指揮を執る。今後しばらくの間は、軍を動かさず守りを固めよ。全軍にそのように伝えろ。伝令によれば援軍が入る。その援軍と協議して、今後を決めるまで動くな。そう伝えよ」

師団長は師団長らしくそのように命令した。村上・海野の二人は、すぐに外にいる伝令に伝え、伝令が直接そのメッセージを各師団や無線班に伝えに走った。

「殿下はお休みください」

新海は、体が思うように動かない北白川宮をまた奥に運んだ。

「お前にこの病気がうつるぞ」

「かまいませぬ」

「馬鹿者、今は一兵とて……」

あとは咳き込む声とともに、北白川宮師団長は奥に引き下がっていった。

「赤痢、脚気、マラリアそれに瘴病《しょうびょう》（台湾の風土病）、これではとてもとても戦えるものではない。師団の半分はこれにやられているのではないか」

海野は陸軍の者であるらしく、敵の数や民兵の恐ろしさと同時に、風土病や水や食料での傷病に最も心を砕いていた。過去に何度か、師団本部として、水や食べ物に注意するように指令を出したが、しかし、民兵の襲撃で何度も補給路を断たれ、食べ物や水も満足にない状態、ましてや薬などは全くない状態では、地元の水や食べ物しかなく、病に倒れるものが続出したのである。

数日後、伝令が来た。

「混成第四旅団、近衛師団に合流します。旅団長伏見宮貞愛《ふしいのみやさだなる》親王より北白川宮師団長殿下に伝令です」

「第二師団無事に台湾に上陸しました。師団長乃木希典《のぎまれすけ》より北白川宮能久親王殿下に伝令」

混成第四旅団は布袋嘴《ほていちん》に、そして乃木希典率いる第二師団は日清戦争からの引き揚げ後まもなく、そのまま出撃命令を受けて台湾の枋寮《ぼうりょう》に上陸した。第二師団の上陸地点は、現在の台南市よりも南に上陸し、近衛師団と台南・高尾にいる反乱軍を挟撃する体制になったのである。

「よし、反転攻勢に出る。師団全軍に攻撃命令を出せ」

北白川宮師団長は、熱を押して本部に出仕し、軍を統括した。

「同時に、本部を前進させる。前進、乃木に負けるな」

マラリアに侵されている北白川宮師団長は、どこにそんな力があるのかと思えるような声を発した。馬に乗った北白川能久親王はさすがに絵になった。高々と日本軍旗を掲げた将軍の姿は、のちに新海竹太郎が皇居前にその銅像を作るほどの神々しさであった。

一気に士気が上がった日本軍は、数日内に鳳山の新城を落とした。現在の高雄市鳳山県に現在も同儀門（東便門）が残る。一〇月一九日には台湾民主国の中心人物であった劉永福が台南の安平から脱出し、清国に引き揚げていった。後は民兵が台南に立てこもるだけになったのである。

台南城の前に、近衛師団の北白川宮能久親王・混成第四旅団の伏見宮貞愛親王そして第二

師団の乃木希典が集まったのは、その日一〇月一九日の晩であった。

「明日は決戦である」

マラリアの熱で悪寒がするのか、北白川宮能久親王は軍服の上から外套を羽織っていた。新海や村上が止めたが、どうしても全軍の作戦会議は自分が主催すると言って出てきたのである。

「その前に、多くの者が犠牲になった。特に、山根信成少将ほか、傷病によって尊い命を落とした御霊に敬意を表したい。敬礼」

そこにいる全員が、東京の靖国神社の方角に向かって敬礼をした。

「それでは、軍議を始める。敵はすでに中心人物なく、指揮命令系統もない。主に民兵と、清国に戻ることのできなかった清国兵の残党である」

「はい、心得ております」

伏見宮貞愛親王はこの時陸軍少将である。実際に北白川宮能久の本家であるからそんなにかしこまらなくてもよいが、目の前で病身でありながら気迫あふれる指揮をしている北白川宮の前に自然に頭が下がった。

「本来であれば、全軍せん滅すると言いたいところであるが、敵は民兵である。民は心を攻めるを上策とする。よって、降伏してくるものに関しては武装を解き、その上で広く降伏を認めるように。戦を長引かせ、街を破壊することは極力少なくする。よいな」

「長期間滞在し、台湾での戦いを熟知しております近衛師団長殿下のご命令通りに、軍を動かしたく存じます」

謹厳実直で知られる乃木希典は、敬礼しながら言った。

「それでは、乃木の第二師団を南正面に、貞愛の第四旅団を東側面に。近衛師団は北正面から突撃する。明日は私自身が陣頭に立って指揮をする所存。よいか」

「殿下、それはおやめください」

「新海、軍議にそのほうが口出しをするではない」

北白川宮はそう言って、心配する新海竹太郎を遠ざけた。

「では私から言うが、能久、君の体調では無理だ。最終的にこれだけの大軍を陣頭で統括するのは無理である。申し訳ないが、この本陣にいて全軍の指揮を引き続き執ってもらいたい」

伏見宮貞愛親王は、同じ親王であることから、同格の会話でそのように言った。ちなみに貞愛親王は、北白川宮能久親王の弟にあたる。

「馬鹿者、本家だからと偉そうなことを言いおって。私は上野の彰義隊でも陣頭に立って指揮をしたんだ」

「その話はよいではないですか。もう三〇年も前の話ですよ。兄さんだからといって遠慮せずにはっきり言う。マラリアにかかっている能久さんが陣頭にいては、ほかの将兵が戦いづらくて迷惑だ」

「なんだと、おまえは、弟のくせに偉そうに言うな。もう何度も命拾いをしている私も、もうここで命が尽きる。今の体調では日本に戻ることもままなるまい。最後に昔に戻り、陣頭で指揮をする。病死よりも戦死をして陛下の役に立って死にたいのだ」

北白川宮は、その場で泣き崩れた。体力も気力も限界だったのか、顔は高熱で赤く紅潮していた。

「伏見宮殿下。お言葉ではございますが、ここは北白川宮能久親王の思いを遂げさせて差し上げてはいかがでございましょうか」

乃木希典はこの時中将で、八月に男爵に列したばかりである。本来であれば両宮家に口など利ける身分ではないが、軍議であり、最高位の中将であるために、二人の会話に割って入ったのである。

「乃木が言うならば、そうしよう。その代わり、師団本部付は全軍死ぬつもりで先頭に立つがよい」

伏見宮は、あっさり折れてそう言った。

「はい」

「もともと降伏を受け入れるという条件だから、あまり大砲なども撃てまい。敵は竹槍と青龍刀がほとんどだから、まあ、なんとかなるであろう」

貞愛親王はにっこり笑うと、軍に戻っていった。

「殿下、戦勝後、台南を平定してまたお目にかかります」

乃木は、そう言うと深々と敬礼して師団に戻っていった。

翌日は昼から、台湾平定戦最後の激戦といわれる蕭瓏《しょうりゅう》の激戦であった。北白川師団長は馬に乗り、高々とサーベルを上げて全軍に突撃命令を出し、自らも馬を駆けて突撃した。とても病人には思えない動きである。海野や新海は陸軍であるから一緒に走ったが、海軍の村上平蔵は、とてもとても付いていけるものではなかったのである。

夕方にはほとんど平定し、翌日台南の平定宣言を行った。台南の役所を占領し、そこに近衛師団の本部を置き、北白川宮はその一室に横になった。気を張っていたからよかったのか、反乱軍が平定されたのちに、北白川宮は布団から起き上がることができなくなっていた。

「西京丸を台南に移動させよ」

樺山資紀は、マラリアで動けない北白川宮を迎えるために、自分の船である西京丸を差し向けた。

北白川宮は、マラリア特有のてんかんの発作と闘いながら、三人を呼んだ。

「村上、海野、新海。話がある」

「もう私は長くないから、黙って聞いてほしい。輪王寺宮といわれてから、何回も陛下には迷惑をかけた。しかし、この台湾平定でわが命を賭して陛下に恩返しができたと思う。だが、この台湾はまだまだ未開の地だ。また台湾も台南人もみな野蛮人だ。しかし、野蛮人であるゆえに、心は純粋である。戊辰戦争の時もそうだが、誰も、国を悪くしようと思って銃を持ち敵と戦うような者はいない。野蛮で未開なだけに、その心は非常に強い。土地や親族や民族を守るということが、唯一の価値観になっておる。この台湾を平定するのは、武力でしてはならぬ。よいか、武力で平定すれば山根少将や私のように台湾という土地に殺されてしまう。そうではない、心を攻めよ。そして、彼らの民族と血と土地と生活を守る力を、わが大日本帝国が与えよ。そうすれば、自然と彼らは味方になる。天照大御神のごとく、台湾を日本帝国が照らすのだ。それこそ、この台湾を正しい方向に導き、欧米列強の魔の手から守る唯一の方法だ。そして、ともに手を携えて発展しなければならないのだ。よいか。もう誰も聞いてくれないからな。君たちにその言葉と私の心を託す。後は頼んだぞ」

その日の夜、北白川宮能久親王は体調が急変し、大きなてんかんの発作の後、そのまま薨去した。樺山資紀と西京丸が台南に到着したのは翌日であった。

第二章　台湾民生

1　配属

一一月一八日、樺山資紀台湾総督は、「全島全く平定に帰す」と大本営に報告した。この戦闘で、日本は二箇師団と後備諸部隊などを含め、将校同等官一五一九人、下士官兵卒四万八三一六人の計四万九八三五人、また民間人の軍夫二万六二一四人を動員した。そのうち死傷者は、北白川宮能久親王や山根信成少将をはじめとして五三二〇名（戦死者一六四名、病死者四六四二名、負傷者五一四名）、さらに軍夫にも多数の死者を出した。なお、台湾民主国軍をはじめとする抵抗勢力は義勇兵・住民あわせて約一万四〇〇〇人の死者を出したとされる。

北白川宮能久親王の薨去はしばらく伏せられ、日本にご遺体が移送された。そののち陸軍大将に補任され、そして薨去が発表されたのである。一一月一五日に国葬が執り行われ、豊島岡墓苑に埋葬された。その後、薨去された土地には「台南神社」が、そして台湾の平定の象徴として「台湾神社」のご祭神としてまつられることになる。なお、これらの神社は戦後全て廃社されてしまっている。

平定宣言をしたものの、蛮族が多く、平定が難しい台南には第二師団がそのまま常駐し、しばらく治安維持に努めた。乃木希典は、しばらく台南の地で蛮族平定を行うことになったのである。

台湾平定軍、いわゆる「南進軍」を解散し、近衛師団と混成第四旅団を帰国させたのちも、新海竹太郎、海野与兵衛そして海軍の村上平蔵は、北白川宮能久親王の残務ということで台湾の地に残っていた。

「ご苦労であった。君たちはこれからどうする」

樺山資紀は、三人を総督室に呼び、遠慮なくそのように聞いた。まだまだ台湾の治安がよくなったわけではなかった。全島平定宣言したのちも、何回も反乱はあった。町の役所が包囲されるなどということは日常であり、台南の第二師団などは連日戦争を行ってるようなものであった。

「私は北白川宮能久親王の遺品を預かっておりますので、東京に戻り大本営にご報告奉ろうと思います」

新海竹太郎はそのように言った。

「その後どうする」

樺山は、少しでも日本人のスタッフがほしかっただけに、帰るという言葉に残念そうな表情を浮かべた。

「実は、私は軍にいましたが、台湾出兵前に士官候補生試験に失敗しておりまして、軍でこれ以上の栄達は望めません。それよりも、その時に身に着けた彫刻の道を究めたいと思っております」

「ほう、軍隊出身で彫刻家か。そういえば新海君は仏師の家と聞くが」

「はい、父も仏像を作っておりましたので、私には銃剣よりも彫刻刀のほうが合っているかと思います」

「なるほど」

新海竹太郎は、帰国後後藤貞行《ごとうさだゆき》に師事。次いで浅井忠にデッサン、小倉惣次郎に塑造を学び、一八九六年に軍の依頼により北白川宮能久親王騎馬銅像を製作する。その後、海外留学を経て有栖川宮威仁親王、大山元帥、南部伯爵などの著名な軍人の騎馬像を手がけている。

「私は、できればこのまま台湾に残していただければと思います」

海野与兵衛はそのように懇願した。

「村上君、君はどうする」

「私も、北白川宮殿下が夢見たこの地の行く末を見たいと思っております。また、一年もの長い間船を下りていますと、海軍はつらいかと思います」

「よし、村上君は海軍大将であった私から、海野君は陸軍の高島鞆之助から、大本営の人事局に掛け合っておく」

「ありがとうございます」

二人はすぐに頭を下げた。

「ではまず君たちの住む場所を決めないとな。水野君を呼んでくれたまえ」

二人の前には、洋服姿の水野遵が立っていた。忙しそうなのだが、どことなく余裕のある雰囲気を出している。中国の「大人」とはこういう人のことをいうのであろう。

「これから君のところで働いてもらう、こっちが陸軍出身の海野与兵衛、こちらが海軍の村上平蔵君だ」

「陸軍や海軍に所属のまま総督府に着任ですか」

「この前まで近衛師団本部付将校をしていたんだ。給与などは軍のほうがよいだろうから、軍に所属のままこっちで預かるようにしようと思う。本給は軍から、台湾の経費は総務局で頼むよ」

「では、とりあえず住む場所と働く部署が必要ですね」

「そうだ。二人は友人のようだから、その辺うまくやってくれ」

「わかりました」

「あと、こちらの新海君は日本に帰らなければならない。北白川宮殿下の御遺品をお持ちだから、その格で船を取ってあげてほしい」

水野は、優秀な事務官という感じでペンで最小限のことをメモすると、二人のほうに向き直った。

「総督の話が終わったら来てくれ。新海さんも、船のことがあるからね。民政局は一階の入り口のところだから」

「はい」

「水野君のおかげでかなり助かっているんだ」

樺山は何か満足そうな感じであった。

そのまま海野与兵衛は警保局、大島久満次の下に、そして村上平蔵は、同じ海軍ということもあって樺山総督室に入ることになった。

2　間者の謀略

「あの日本のやり方は何だ」

新竹の東、現在の竹東市の郷の代表が集まった。彼らは台湾民主国の時から抗日戦を戦ってきた、それぞれの郷の代表である。中心にいたのは、姜発《きょうはつ》という この地区の名主である。このほかに簫祥雲《しょうしょううん》や李金福《りきんふく》と名乗っている者もいた。

「李のところの手の者によれば、なんでも樺山というのは、所有者のいない土地は全て日本が取り上げると言っているようだ」

「ということは、これから山に入れなくなるということか」

「そうだ。勝手に日本の領地に入ったら罰せられてしまう。山の中で狩りをしたり、木の実を採ったりすることはできなくなるということだ」

樺山資紀は、平定後の台湾において産業を行わなければならないとして、一つは砂糖の製造を推進することを考えていた。そのためには土地が必要であるとして、所有権を証明すべき地券又はその他の確証のない山林原野は全て官有とする旨を規定した「官有林野取締規則」

を施行した。

またこれより前に、治安が悪いことから阿片取締法を、そして、鉱山開発に関する法律を作ったのである。いずれも水野遵が提案し、それに従って樺山資紀が制定したものだ。しかし、それらの法律は阿片の流通にかかわる人物を全て抗日運動に傾かせたのである。もともと、阿片は清国でも違反である。しかし、劉永福の黒旗軍のような人々を台湾民主国の主力にしてしまったために、軍資金を違法な阿片で稼がせてしまっていたのである。そのまま中毒者になってしまった者が多く、取り締まりはなかなかうまくいかない状況であった。

そこでその阿片の製造をやめさせ、砂糖の製造にするため、土地の確保に踏み切ったのだ。しかし、これが台湾の住民にとっては「土地を取り上げられる」というような感覚になったのである。

「簫さん、一つ抵抗するか」

姜発は、そのように言って近くにある銃を手に取った。銃といっても猟銃である。会合に出席していた複数の人がすぐに呼応した。気の早い者は立ち上がっていた。

「まあ待ちなさい。姜さん、あの黒旗軍でも勝てなかったんだ。そんなことをしても意味あるまい。それよりは、まず、間者を中に入れようではないか」

簫祥雲は落ち着きを払って言った。

「間者ならば、総督府の中にいくらでもいるではないか」

この郷を代表して多くの人を雇い、総督府の中に送り込んでいる李金福は、自分の情報網では不足なのかと思い、なんとなく面白くないといった感じで言った。しかし、この郷の中でも一番の知恵者である簫祥雲が何か言っているので、不満はありながらも一応最後まで話を聞くことにした。李金福にしてみれば、自分の間者のやり方ではなし、何かほかの方法があるかもしれず、その妙案によっては集まってもよいと思っていた。

「いやいや、李さんの間者が物足りないと言っているのではない。しかし、李さんの間者は男ばかりだ。それでは情報は取れても、結局日本人に使われてしまって終わりではないか」

「情報が取れるだけでは不満なのか」

李金福は、少々立腹したように言った。

「そんなんじゃない。呂布《りょふ》と董卓《とうたく》の貂蝉《ちょうせん》のように、日本人の心を動かすようなものを出すしかあるまい。情報を持ってくるだけではなく、我々で日本人を動かすようにしなければならないのだ。総督府は、聞くところによると女は少ないと聞く。特に日本人の女性などはほとんどいないし、軍人の残りは男ばかりだ。独り身の男も少なくあるまい。その男のところに若い間者の女を行かせればよい。そうすれば、女の言うことならば聞くし、また、情報もより深く入る」

「なるほど」

李金福も姜発も籥祥雲の言うことに納得した。そういえば、日本側に行かせる間者といえば職員としての男としか考えていなかった。

「でも、女が日本人に惚れてしまっては困る。そうなれば逆にこちらのことが全てばれてしまう。それに、喜んで日本の男のところに行くような女がいるとも思えない。そこはどうする」

姜はそのように言った。

「そこでだ。街の中の美人を募って、台北に出よう。この三人のうち誰かが台北で食堂を開き、そこにその美人を入れるというのはどうだ。我々がいるから女も安心するし、女が裏切ることもない」

籥はそのように言って紙に計画を書き始めた。姜発も李金福もその計画には異存はなかった。

「ほかの郷の人間たちは、ただ銃を持って暴れるだけだ。そうではない、我々は日本を使う。このような抗日を行おうではないか」

姜発は、そう決めて行動に移したのである。

3　謀宮「春風楼」

「やってるか」

新しく警察局になって、課長に昇進した海野与兵衛のところに、総督官房秘書課長になった村上平蔵がやってきた。与兵衛は連日、反乱の鎮圧や犯罪の取り締まりでかなり大変である。さすがにこの時期には、台湾の人々の言葉も話せるようになっていた。

「平蔵、秘書課はどうだ」

「まあ、樺山総督は薩摩の人だからね。酒が強くて困るよ。ところで、昼飯でも行かないか」

「おお、ちょうどいい。近くにおいしい料理屋ができたんだ」

海野は、手入れをしていた銃をホルスターに収めると、立ち上がって言った。

「ほう、与兵衛がおいしいと言うなんて、あれだけ日本料理が恋しいと泣いていたのに」

「そう言うな。おいしいのは料理だけではない。そこの給仕の女の子が、またかわいいんだ」

「女か。日本からこっちに来て、しばらくそんな話は全くなかったからな」

平蔵も与兵衛も独身である。それも若い。戦争中やその後の混乱の時に女に気を持って行かれるような腑抜けではないが、しかし、毎日が同じような仕事になってくれば、若い男ならば自然にきれいな女に目が行くものである。

「よし、とりあえず食事だ。女を見に行くのではない。あくまでも食事に行くぞ」

平蔵は、そう言って部屋を出た。

台北の町はまだ治安がよいわけではなかった。まだ、普段から一人で街中を歩くのは少々危険な感じがするところもあったが、しかし、平蔵にとって警察官である与兵衛と一緒ならば何の問題もないと、安心することができたのである。

総督府から歩いて三分くらい。ちょうど商店街の入り口の角の所に、「春風楼」はあった。

「歓迎光臨」

店の中から明るい女性の声が聞こえる。「歓迎光臨」とは、日本語に訳せば「いらっしゃいませ」である。複数の女性の声がするのは、店員の給仕が副数人いるということであろう。

春風楼

しっかりと「歓迎光臨」と挨拶するのは、清国式ではなく日本式のサービスの店であることを思う。清国は「食べ物を出すところは上位」というような考えがあったので、店側から挨拶などはしない。自分より上位の人が来た時だけ挨拶するのが清国式である。

店の中は、二〇席くらいのホールと奥に個室と思われる部屋が二つ。そして、二階に宴会場が存在する。小さいながらもしっかりとした造りの料理屋であった。台北の市街では、もともと外食をすることが日常化していたが、長期間の戦争で夫婦共働きが多くなっていたため、昼の外食は普通のことになっていた。ここ春風楼も、ホールはほぼ満員である。また日本人であるからといって特別扱いはない。通常の予約以外で特別扱いをする必要はないと、樺山総督が市民にお触れを出している。平蔵と与兵衛も少し待つことになったが、それでも入ることができた。

「歓迎光臨、あっ、日本の方ですか。い……いらっしゃ」

「ああ、台湾の言葉でも大丈夫だよ」

平蔵は優しく、しかし、会話の内容とは矛盾して日本語で話してしまった。奥からオーナーと思われる恰幅のよい人物が出てきた。

「失礼しました。まだこの娘は日本語がうまくないもので。私はこの店の主の簫祥雲と申します。よろしくお願いします」

「ああ、ありがとうございます。注文くらいは台湾の言葉でできますから、大丈夫ですよ」

警察の制服を着た与兵衛が言った。

「それではご不便でしょう。私に日本語で話しかけてください。メニューにないものも作れますから」

「特別扱いはしないでください。言葉のことは仕方がありませんが、それ以外は普通にしていただいて大丈夫です」

平蔵は、とにかく普通にしてほしいと言った。

「そうですか、わかりました。それでも今日来ている女の子の中で、最も日本語のできる金麗紅をここの担当にしましょう。それくらいは大丈夫でございましょう」

そう言うと、簫は若い女性を連れてきてその女性の肩を叩いた。

「金麗紅です。よろしくお願いいたします」

「……あぅ……あっ、よろしく」

与兵衛は、なんとなく恥ずかしくなった。ずっと戦争で、その後は警察の仕事。台湾人は敵という感覚しかなかった与兵衛にとって、目の前にいる女性は天使に見えた。日本の女性よりも少々田舎っぽい感じもしないではないが、しかし、敵対的でない台湾人を初めて見た気がしたのである。

「何照れているんだよ」

平蔵は、敏感に感じ取っていた。

「おい、そんなことないよ」

「無理すんなよ。台湾で与兵衛に好意的な女性なんて初めてだからな」

「まあ、そうだが。別に関係ない」

ぷいっと横を向く与兵衛に対して、平蔵は普通に運ばれてきた食事に手を付けた。

4　心を攻めるための道具

明治二九年も三月になると、かなり反乱なども収まってきた。

「村上君」

日本のような桜は咲いていないものの、もう暖かくなり、東京ならば四月くらいに感じる空気の中、花が町にかなり色を付けていた。

「花が咲いたなあ」

樺山資紀は、総督室の窓から町を見渡していた。

「以前は、総督がそのように窓に近寄ると、狙撃されるのではないかと心配でございました」

「そうか。かなり変わったなあ」

樺山は、部屋の片隅に立っている村上平蔵に向かって言った。

「はい、かなり変わりました」

「私が来たころは、ゆっくり花をめでるような余裕はなかった。そのうち北白川宮殿下が薨去され、いつの間にか花の時期は終わってしまった。反乱や事件に毎日追われていたが、いつの間にか花が咲くようになった。心にも花を咲かせなければなるまい」

「総督、北白川宮殿下もそのようにおっしゃられておりました」

「もう何回か聞いた。心を攻めよ、か。その通りであると思う。しかし、今までそれを知りながらも、殿下の遺言を実現することができなかった。まずは心を攻めるための道具を作らないといけない」

樺山は、机に向かうと一枚の紙を引き出しの中から取り出した。

「まだ、水野君にも見せていないのだが、村上君の個人的な意見を言ってくれないか」

その紙には「台湾総督独自民政」と書かれていた。

「これは」

「北白川宮殿下が思い描いたのは、このようなことではないかと思う。難しく書いてあるが、要は、台湾のことは台湾で行うということだ」

「と言いますと」

「よく考えてくれたまえ。今まで私が来てから土地の官有法や鉱業法などさまざまな法律を作ったが、これは全て、伊藤内閣が軍事法を適用してくれているからだ。そうでなければ、ここは日本の領土だから、当然に法律も帝国議会を通して法律を作らなければならない」

「そうなります」

「水野は性格が堅いから、軍政でなければ議会重視になってしまう。しかし、反乱を見てわかる通りに、台湾には、台湾のやり方をしなければならない。維新政府ですら、文明開化で大混乱したではないか。急に、台湾に日本流を持って来れば、また反乱どころか去年のような戦争になってしまう」

樺山はそう言うと、やっと椅子に深く腰掛け、背もたれに背中を預けた。

「日本の刑法を押し付けて、台湾に適用したら、日本の法律を押し付けたとなるだろう。官有地にする、と言えば、土地を取られるといって反乱が起きる。鉱業法を決めれば、何も言っていないのに賄賂を持ってくる。根本的に文化が違う。それを治めるためには、台湾には台湾の法律が必要であると思う」

「はい、そのように考えます。しかしなぜ、水野民政局長にはお見せしないのでしょうか」

こういった内政に関することは、全て水野総務局長だ。村上は当然のことのように、本来であれば水野遵に意見を求めるべきと考えた。

「いや、水野君はもともと帝国議会の書記官長をやっている。これは、台湾総督は帝国議会を無視して構わんと言っているのと同じだ。そこで、水野が納得するように、周りに知恵を貸してもらいたのだ。一番初めは村上君、君なんだよ」

「総督、しっかりしてください。必要なものは必要に応じて行う。それが総督のお仕事です」

村上は、きっぱりと言った。

「そうか、次は大島君だな」

村上は笑うしかなかった。樺山といえども、帝国議会を無視するという法律を通すのは、非常につらいのである。特に日本の帝国議会では、徐々に民権派が強くなり、第二次伊藤内閣の超然主義がうまく機能しなくなってきている。そのような時に、「超然内閣」に近い「台湾の治外法権」を作ることができるのか、というのが最大の問題なのである。しかし同時に、日本の帝国議会から全く外に出ることなく、台湾にも来たことがないというような「民権議員」に、この反乱と内戦と文化の衝突を繰り返す台湾のことなどわかろうはずもないのである。

樺山は、警察局の大島久満次を呼ぶように命じた。当然に「反乱」の実態を聴くためである。村上は、その考えがわかるので何も言わず、にっこり笑って部屋を出て、自身で大島を呼びに行った。

5 漏洩

水野を説得するのに時間がかかったが、しかし、最終的には帝国議会通の水野遵が妥協案を通した。「台湾ニ施行スヘキ法令ニ関スル法律」(法律六三号)は、片方で、内地の法律は全て台湾で通用することとしながら、法律とは別に、台湾総督が発する「律令」を有効にするようにした。このように「二重基準」を作ったが、実際には、台湾総督府の予算や日本から来た官僚に関する処遇などが、全て帝国議会の内容となり、台湾の内部の民生は「律令」で対処することになったのである。

また、「議会軽視」「内閣軽視」とならないように、内閣の中に台湾の担当の「拓殖務大臣」を設置した。こうすることによって台湾の行政も、内閣の中の一つの機能となり、また、法律も台湾総督によってうまく調整さえつけば、整合性が取れるようになった。なお後世には、憲法が適用されたのか、とか、議会の法律と総督の律令が抵触した場合どちらが優先するのか、など法学者の議論にはなったが、実質的に問題になったことはなかったのである。

「まあ、妥協の産物だな」

水野遵は口髭を触りながら言った。口髭を触るのは、彼自身が何かを自慢したい時の癖だ。与兵衛も平蔵も、その話は、総督が新たな律令を出すたびに、耳にタコが一つ増える勢いで聞かされていた。

「お久しぶりです」

平蔵は、久しぶりに一人で春風楼に来た。平蔵の場合、秘書課であるから、街を一人で歩き回ることは少ない。また、昼食は秘書課や樺山と出前を取ることが少なくなかった。そのために、なかなか春風楼に入ることは少なかったのである。少し、昼の時間を過ぎているからか、店内は人もまばらで、すぐにオーナーの簫祥雲が近づいてきた。

「お食事ですか」

「うん、久しぶりだから何か適当に」

「はい、かしこまりました」

「そういえば、女性の店員が見当たらないが、食事時間ですか」

平蔵は、初めて来た時の印象が強かったのか、店内に女性がいないことになんとなく違和感を感じた。しかし、昼飯時を過ぎているので、休憩時間ということも十分に考えられる。

「はい、休憩時間です。若い女の子ですから、店の外に出て行っているんですよ。夕飯の時間まで、あまり仕事がありませんから。今日は私で許してください」

「いや、そういう意味ではないんだが」

平蔵は、なんとなく違和感を感じた。ランチタイムからディナータイムの間に店を閉めているところは少なくない。しかし、店を開けたままで、なおかつ客もいるのに、給仕の女の子が全ていなくなってしまうというのは、何かが違う気がしたのである。普通は当番制で一人や二人は残しておくものではないか、と思った。しかし、あえてそこでは何も言わなかった。

「あなたは、樺山総裁のところの人でしたね」

「はい、そうです」

食事を運んできた簾は、遠慮なく平蔵の前に座ると、そのように話しかけてきた。

「樺山総督は、そろそろ日本に帰られるようですね」

「……」

平蔵は、食事を飲み込んでいるふりをして、言葉を抑えた。総督府でも一部の人しか知らないことを、なぜ一介の、それも食堂のオーナーが知っているのだ。

「次の方が台湾人に理解のある人ならばいいのですが」

簾は、そのような平蔵の顔色の変化に気づくことなく、そのまま話し始めた。警備計画や、次の桂太郎総督の上陸港まで、全部知っているのだ。

「簾さん、それならば上陸の時に、女の子を連れてお出迎えに行ってください。新しい総督もきっと喜びますよ」

平蔵は何事もなかったようにそう言った。

「それはいい考えですね」

「そうすれば、この店も来る人が増えますよ」

「そんな知恵をいただいたから、これを差し上げますよ」

簾は、奥の厨房から護摩団子を三つ持ってきた。「桃太郎の黍（きび）団子でもあるまいし」と、平蔵は、口に出したいのをグッとこらえながら、運ばれてきた護摩団子を口の中に入れた。

「総督」

辞令は、内々に電文で入っていた。水野民政局長から秘書課に入り、樺山総督が読んだ。そして新総督の警備ということで、大島警察局長がその担当に当たった。高島副総督は、拓殖務大臣として東京に戻ってしまったので、軍を動かすことはなかったのだ。

「村上君、どうした」

「実は、桂新総督の上陸地点などの情報が漏れています」

村上は春風楼で簾が話していたことを全て報告した。

「ふむ。大島君に、緊急電報で上陸を二日遅らせるように船に伝えろと。その上で警備には、予定通り今までの日程で警備員全員を動員せよ、と言っておいてくれ。三日間連続で港に行けと」

「三日間連続ですか」

「当たり前だ。警備員で、その上警備計画書を見ることのできる者が、台湾人社会に通じているのだ。敵を騙すには味方から、そう言えば大島君ならばわかるはずだ」

「はい」

こう言った時の樺山資紀の判断の速さは違う。海軍では、一瞬の判断ミスが船の沈没につながる。瞬間で判断して指令を出すのは、樺山の最も得意とするところであった。

果たして、引き継ぎのために数日早く来るはずであった桂太郎は、予定よりも二日遅れて上陸した。

「本当に困ったよ。三日連続で海辺に立っているだけだったんだから」

海野与兵衛は、そう言った。

「そりゃ大変だったね。毎日海風に当たって、健康になったんじゃないのか」

平蔵は、樺山総督との話は一切何も言わずに、笑顔で対応した。平蔵はなんとなく嫌な予感がしていた。情報を漏らしているのは与兵衛ではないか、そう思っていたのである。

「何言ってんだよ。サーベルも銃も鉄だろ。潮風ばかり浴びていたらすぐに錆が入るから、毎日戻ってからの手入れが大変なんだ」

「そりゃ大変だなあ」

「平蔵はいいよなあ。こっちで待っていればいいんだから。毎日春風楼で飯が食えるじゃないか」

平蔵は、後の会話は全く耳に入らなかった。やはり、そう思った。まさか春風楼に海野与兵衛が毎日通うほどであるとは。

しかし、平蔵は確たる証拠が出るまで、ほかの誰にもそのことは言わなかったのである。

6　文化の違いを埋める桂

「これはえらいところに来たなあ」

明治二九年六月二日に第二代台湾総督に就任した桂太郎は総督室でつぶやいた。総督室には秘書の村上平蔵がいたが、同じ長州出身であったために、すぐに信用できた。

「台湾がですか」

「ああそうだ。こっちに来て引き継ぎをして、少し町の中を歩いたが、何を言っているかわからない。皆台湾の言葉を話していて、まるで日清戦争の最中であるかのようだ」

桂太郎は、日清戦争の時に第三師団師団長として清国に出征している。台湾を軍政から民政に移行するにあたり、海軍出身の樺山資紀から陸軍の出身者に総督を変えるという意向があり、それに合わせての交代であった。実際に、樺山時代に施行された「台湾ニ施行スヘキ法令ニ関スル法律」いわゆる「六三法」が原因で、高島鞆之助が拓殖務大臣として東京に戻されてしまったために、陸軍軍人のトップがいなくなってしまったのである。そのような事情から海軍大臣の西郷従道も納得しての人事である。

「樺山総督は、樺山総督なりにしっかりと業務をしておられたと思います」

「村上君、樺山総督の批判をするつもりはない。それだけ敵地、いや、ここは外地と言うべきかな。同じ日本文化で育っていない人々の中心に座るということは大変なことなんだよ。簡単にいくものではない。樺山総督はうまくやっていたと思う」

「はい」

桂は椅子から立ち上がると窓際のほうに行った。窓から見えるのは商店の看板や商店街の標識であったが、まだ半分以上の看板は台湾の言葉であり、ひらがなやカタカナはほとんど見えなかった。

「多くの人が、台湾語と台湾の文化の中で生活している。しかし、これでは天皇陛下の意向などは、とてもとても伝わるものではない。また、台湾語は清国の言葉によく似ている。清国から誘われれば、すぐにそちらになびくようになる」

「戦争中のご経験ですか」

「そうだ。第三師団を率いて遼東半島に上陸した。しばらくはよかったが補給がなかったから、現地調達をせざるを得なかった。しかし、その時に朝鮮の連中は同じ言語文化の清国に味方し、こちらの補給の内容や人員などは全て清国軍に伝わっていたんだ。こちらの命令は、「わかりません」で、清国の命令は同じ言語だから通りやすい。これでどれだけの将兵の命が失われたか。第三師団は、補給も調達も、全て日本語を話せることを条件にして師団の中に入れるようにした。そういう者がいない場合は、我々が師団の外に買い物に行った。そうしたら軍の秘密が守れるようになったのだ」

桂太郎は台湾総督として、「文化の違い」を埋める政策を行った。文化の違いを認めた政策をとること、日本語の普及、そして官僚には台湾語を習得させたのである。

「これで麗紅も日本語を話せるようになるよ」

海野与兵衛は、真っ先に春風楼に行って話をした。

「よほど入れあげているな」

餅店
蚵仔煎

村上平蔵は、海野与兵衛があまりにも春風楼の給仕である金麗紅に入れあげているのを心配した。

「何を言っている。最近では春風楼に行けない時にお弁当まで作ってくれるのだぞ」

「なんだと」

「そのうち身を固めようと思う。日本に帰ってもあまり変わらないであろう。でも、親父やおふくろに会わせるのに、日本語が話せないのは少々問題があると思って悩んでいたところだ」

「与兵衛、大丈夫か」

「何を心配している。さては妬いているな」

「それはない。まあ、いいけどな」

なんとなく言葉を濁して、平蔵は警察局の詰め所を立ち去った。

総督室に戻ると、桂が待っている。

「村上君、少し雑談に付き合ってくれるかね」

「はい」

「樺山君が『心を攻めるのが上策』と言っていた。いや、引き継ぎ書の中にそのように書いてあるのだが、この言葉だけは樺山の言葉ではなさそうな感じだ。近くにいる君ならば何か知っているかもしれないと思って聞くのだが」

「はい。それは近衛師団で台湾平定に尽力され、惜しくもご病気にて台南の地で薨去あそばされた北白川宮能久親王殿下のお言葉でございます」

「ほう。詳しいね」

「はい、私はもともと台湾総督府の職員ではなく、近衛師団長付き士官でした。それも海軍からの出向です。樺山総督が海軍出身だったので、そのまま誘われてここにこうしております」

「なるほど、北白川宮の言葉か。殿下らしいな。村上君、少し昔話をしてもよいかね」

「はい」

桂はゆっくりと応接セットのほうに腰を下ろすと、村上も前に座るよう勧めた。村上は、なんとなく誘われるままそこに座った。その前に、一つの小柄《こづか》が置かれた。

「この小柄の家紋、わかるか」

「毛利家の家紋ではないようです。片喰《かたばみ》の家紋ですか。なぜ他家の家紋をお持ちでしょうか」

「これは、庄内藩の酒井家の家紋だ。戊辰戦争の時に東北鎮守府にあった私は、今の秋田にある佐竹の久保田城から南下し、庄内の軍を攻めたのだ。しかし、庄内藩は強い。特に北斗七星を逆さに配した『破軍星旗』の軍旗は、強かった。私はまだ若かったが、長州出身ということもあって、一手の軍の指揮をしていた。五百の軍を率いていたが、一回『破軍星旗』と渡り合っただけで二〇〇以上の兵が、死んだか怪我で使いものにならなくなった。人間の引き算というのは大変なものだ。何人残ったと思う」

「五〇〇の兵から二〇〇がいなくなれば、三〇〇残るはずですが」

「それは海軍の人間の答えだ。船からは逃げられないからな。陸は違う。不利となったら逃げてしまう。二〇〇の兵がいなくなったら、あっという間に手元に残ったのは一〇〇人を欠けるくらいになった。戦後、その『破軍星旗』の将、庄内藩二番隊の酒井《さかい》了恒《のりつね》殿に、記念にと思って頭を下げてもらったのが、この小柄だ」

桂は大事そうに小柄を取り上げると、手ぬぐいを出して小柄を磨き始めた。

「戊辰戦争の時の敵からもらったと」

「陸軍で最も重要なのは、心だ。若いころの私は、新兵器や兵力の多さで相手を打ち負かせると思っていた。しかし、そんなものではない。酒井了恒殿は、いとも簡単に長州軍を退けた。将兵のみならず、民兵も少なくなかったが、その統率力と士気の高さと結束の強さ、そして兵の酒井殿への忠誠は、新政府軍などでは相手にならなかった。君の年齢ではわからんかもしれないが、庄内藩にはとうとう新政府軍は勝てなかったのだ」

「そうですか」

「そのもっとも高いところ、奥羽越列藩同盟の盟主こそ、当時輪王寺宮と言われていた北白川宮能久親王だった。殿下は、あの時から兵力ではなく心を攻めることこそ、最も肝要であると、そのように思っていたのかもしれんな」

「はい」

「殿下ともう少しゆっくり話をしたかった。敵味方に別れた相手に、話をゆっくり聞くことは少ないからね」

桂は遠い目で何かを探すように言ったかと思うと、磨いていた布でくるみ、大事そうに上着のポケットの中に酒井了恒の小柄をしまった。

「酒井殿は」

「死んだよ。私を打ち負かしたころから肺を患っていた。彼が生きていれば、私や樺山君よりも、はるかに台湾をうまく統治できたであろう。いや、そもそも日清戦争などを起こさず、清国を滅ぼしていたかもしれない」

「そんなにすごい人でしたか」

「ああ、たぶん。北白川宮もそのような人物であったはずだ。惜しい人物を亡くした。その人物が心を攻めるといったのであれば、その通りにしなければなるまい」

桂は、たった四か月しか総督としていなかったが、その最終、九月に国語学校規則を発布した。

7　台南水滸伝

非常に短い任期の桂太郎に代わり、乃木希典が、妻の静子《しずこ》および母の壽子《ひさこ》を伴って台湾へ赴任した。第三代台湾総督としてである。水野遵もこれで三代の総督に民政局長として仕えることになる。

「私の役目は、いまだ安定せざる台湾の治安を確立し、天皇陛下の宸襟を安じ奉ることとする。そのことを最も重視して、総督の任に当たる所存である」

就任の挨拶において発した乃木の言葉は衝撃的な内容であった。

「今度の乃木という方は、困った方ですね」

春風楼に来た黄国鎮《こうこくちん》という男である。

「台南はいかがですか」

黄国鎮を奥の部屋に入れ、親しそうにお茶を持ってきたのは、この店のオーナーである簫祥雲である。部屋の中には、姜発や李金福といった台中の名士や、阮振《げんしん》、陳発《ちんはつ》、林小猫《りんしょうびょう》など、台中台南で日本に屈強に反抗している集団の頭目がそろっていた。

「乃木は、台南に軍を置いて、同朋をたくさん殺した。許せぬ」

台南には当時原住民の一族がいて、清国もその人々には手を焼いていた。清国、いや、それ以前の中国大陸の王朝は全て、台湾を「化外の地」と言っていたのだ。まさに「化け物の外側の土地」という意味で、「自分たちでは支配することはできない」というようなことである。しかし、アヘン戦争以降、欧米列強が深刻に爪を伸ばしてくるにあたり、島嶼部《とうしょぶ》の管理をするということで清国は台湾に軍を派遣した。しかし、「南方蛮族」として原住民に関してはなかなか手をつけられないでいたのである。

この時も、南方の林小猫などは話す言葉そのものがなかなか通じない状況であり、一緒に食事をしていても、手掴みで食べてしまうほどであった。

「では、その乃木に復讐しなければなりませんな」

「うむ」

「では、一緒に日本を、いや乃木を追い出しましょう」

姜発は、酒の入った器を取り上げた。しかし黄国鎮はその姜の申し入れを無視した。一緒になって酒の入った器を取り上げた阮振や陳発は、黄国鎮の姿を見て慌てて器を下した。

「なぜ一緒に酒を飲まないのだ」

「なぜ君たちと一緒に戦わなければならない」

黄国鎮は憮然として言った。

「一緒に戦った方が、日本に対抗できるであろう」

「ならば総督府の目に前にいながら、なぜ乃木を殺さないのだ。お前らは我々が乃木と戦っている間、こんなところで何をしていた」

「情報を取っていました」

簫祥雲は、姜も黄も怒りの表情が見えているので間に入って、なるべく穏やかに言葉をかけた。

「情報だと、要するに日本人と仲良くしていただけではないか。先ほどから見ていれば、この店の女が日本人と手をつないで仲良く出て行っているではないか」

「彼女たちが、身体を賭けて情報を取ってきていますよ」

「そんなもの信用できるか。女は、すぐに相手に惚れてしまう。女が日本人に惚れて、間違った情報を持ってくる可能性もあるではないか。そうではない、女の言っていることが正しい、と保証できるのか」

黄国鎮は怒りながら言った。

「我々の村の女たちです。親も皆知っている。その娘たちが我々を、親を裏切るはずがありません」

「しかし、台中の人間が我々台南の人間を裏切らないとは限らない。雲林《うんりん》大平頂《たいへいちょう》斗六《とろく》の戦いの時、我々の仲間は台中に何度も援軍要請をしたが、結局誰も助けに来なかったではないか。あれは何と説明する」

雲林大平頂斗六の戦いとは、桂太郎総督の時に、台中南部雲林県において清国義勇軍の生き残り柯鉄《かてつ》のもとに、千数百人の義勇軍が集まり起こした反乱であった。

明治二九年三月末までは軍政であり、また、謹厳実直であまり融通の利かない乃木希典が、反乱分子を見ると端から処刑してしまったこともあり、台南は乃木率いる第二師団の前に抵抗もできなかった。このため台南の人間たちは乃木のやり方に恨みを抱いていたのである。

乃木と第二師団が民政移行で四月に日本に帰国をした。このタイミングを待って柯鉄は雲林県の大平頂を根城に反乱を起こした。乃木と日本に恨みを持っていた台南の人々は、この義勇軍に多く参加した。黄国鎮や陳発などは、この時に参加した義勇兵の中に入っていた。そして、柯鉄は日本軍と雲林支庁を攻めるにあたり、台中の人々にも広く声をかけたのである。しかし、姜発や簫祥雲などは、「南の蛮族の行うことだから」といって参加しなかったのである。

果たして、柯鉄は、六月一三日に雲林支庁と台湾守備混成第二旅団を同時に攻めた。しかし、数日後には逆襲された。特に雲林支庁長の松村雄之進《まつむらゆうのしん》が、「雲林管下に良民なしと称し、順良なる村落を指定して土匪《どひ》なりと断言してこれを焚焼せしめ」と記録にあるように、雲林の太平頂の集落に対して無差別に攻撃を仕掛けたために、四二九五戸の民家が焼き払われ、無数の住民が殺戮されたのであった。

この事件は大きく報道され、また民衆が怒ってより反乱が大きくなったために松村は懲戒免職となり、位階勲等剥奪の処分を受け、それが台湾の人々にも告知された。また、天皇・皇后より三千円、総督府より二万余円の救済金が雲林支庁に支給され、また雲林の三五九五戸に平均五円の見舞金が支給されたのである。

「台南の仲間は、あの時にたくさん死んだ。そして太平頂には見舞金が来たが、台南には何も来なかった」

「それは、台中客家も焼かれ……」

「うるさい。死んだのは台南、金をもらったのは台中。それでもまだ一緒にできると思うのか」

「しかし、国鎮殿。あなたは太平頂より逃れて、台南で兵を起こしているではないですか」

簫祥雲は言った。もちろん簫祥雲は、海野与兵衛の話していた内容を金麗江経由で聞いたにすぎない。

「もちろん、我々は生きている限り日本に対抗し、自分たちの国を作る」

「温水渓《うんすいけい》地方から嘉義《かぎ》地方にかけては国鎮殿、十八重渓《とやじゅうけい》地方の阮振殿、蕃仔山《ばしさん》地方の陳発殿に蔡愛《ちゃいあい》殿、鳳山地方の林小猫殿、いずれも劣らぬ武勇と仁徳の持ち主。台湾の水滸伝と現在ではいわれている英雄ですよ。今日はその人々が集まっていると思いますが」

「ああ、そうだ。しかし、それは君たち台中の人間と組むという話ではない。君たち台中の人間は水滸伝には出てこない」

黄国鎮が話すと、今までずっと黙っていた林小猫が口をはさんだ。

「台南の人間は、日本と同じくらい台中の人間が嫌い。そこを曲げて太平頂まで行ったが結局裏切られた。今回もまた裏切られると思っている。今日は、飯を食うだけだから来たが、一緒に戦うのは無理だ」

簫祥雲と姜発は、顔を見合わせてしまった。完全にお手上げである。

「もういいか。帰る」

突然黄国鎮は、席を立った。

「ちょっと……」

李金福は引き留めようとしたが、簫祥雲は李を止めた。台南の四人は帰って行ってしまった。

「無理だ。あいつらは」

「では、どうする」

「もう少し何か考えないといけないいな」

三人の紳士は、その場で座り込んで残ったものを食べ始めたのである。

8　露見

「なぜだ、なぜ誰も言うことを聞かぬのだ」

乃木は総督室で怒り狂っていた。台湾から帰国し、仙台鎮守府に配置されたが、すぐに明治天皇に応召された。

「君しかいない。台南での経験はそのまま台湾全体に広め、台湾を安全な場所にしてもらいたい。そうなったら、朕もぜひ一度台湾に行きたいと思っておる。期待しておるぞ」

「はい、必ず」

その時の、明治天皇の笑顔は、乃木にとっては忘れられない。その命令をそのまま実行するために、彼は台南で行ったように警察を二〇〇〇名から三四〇〇名に増員し、また、綱紀粛正をした。何しろ、賄賂が横行していたために、何をやっても前に進まない状況であったのだ。

「これが軍隊ならば、絶対に敵軍に負けていたであろう」

「総督閣下」

新しく七月から民政局長になった曽根静夫が入ってきた。

「取り締まるばかりでは効果はありません。何か殖産興業を行わなければならないと思いますが」

曽根静夫は千葉県安房の豪農の出身で、その後、明治政府内ではずっと租税局にいた人物だ。大蔵省主計局も経験しており、帝国議会の予算なども全てできるほどの優秀な人物で、日清戦争の戦費である国債発行はほとんど彼が実務を行ったほどの人物である。

拓殖務省の発足と同時に、高島鞆之助の下についていたが、台湾そのものの経済対策を行うために、水野遵に代わって民政局長に推挙された。

「こんなに治安が悪いのに産業などができるはずがないだろう。何を言っているのだ」

「総督、しかし産業がないので、生活ができず、犯罪に走る者が少なくないのではないかと考えます」

「何を言う。そこは天皇陛下の御威光が届けば、それで平安になるはずである。これは我々の努力が足りず、陛下の御威光がまだ台湾の人々に伝わっていないことが原因である」

「しかし総督閣下」

「くどい」

曽根は、肩を落として総督室を出て行った。

「民政局長閣下」

村上は総督室を出て曽根を追いかけた。

「おう、村上君か」

「桂総督にも申し上げたのですが、実は私は台湾平定軍の近衛師団長付き士官にあり、北白川宮能久親王殿下のおそばに仕えておりました。殿下が薨去される直前に、台湾の統治に関して『心を攻めよ』、そう申されております」

「殿下はわかっておいでであったのだな」

「樺山総督も桂総督もそこはご理解いただきましたが、やはり世情の混乱でなかなかうまくゆかず苦心されておりました」

「そうであろうな」

曽根は、乃木希典と決定的に肌が合わなかった。大蔵省主計局のエリート官僚で、あまり融通の利くほうではない曽根と、謹厳実直な軍人でやはり融通の利かない乃木希典とでは、お互いにうまくゆくはずがなかったのである。

村上平蔵は、その二人の間に挟まって苦労の連続であった。

「ふう、疲れた」

久しぶりに来た春風楼には、昼にもかかわらず多くの人がいた。

「おい」

「与兵衛、なんだ非番か」

「いや、少し休憩だ。いや、これも警備職務かな」

与兵衛のところには常に金麗江が傍らに立っていた。

「いつも一緒にいるなあ」

「ああ、今度祝言を挙げようと思う」

「そうか、そんな仲になっていたのか」

「ああ、この娘のおなかの中には……」

与兵衛は、人前にかかわらず、金麗江のおなかをさすった。麗江はその手をぴしゃっと叩いた。

「ほかのお客さんがいます」

いつの間にか麗江は非常に日本語がうまくなっていた。

「ごめん、まあ、そういうことだ」

「すごいなあ」

「大島久満次警察局長閣下には、すでに報告済みじゃや。まあ、それで職務がおかしくならないようにきつく言われたがな」

海野は、そのまま笑った。

「平蔵、お前もそろそろ身を固めたほうがよいのではないか」

「俺はまだまだだよ」

そこに突然、多くの人が入り込んできた。

「検問である」

扉が開け放たれ、そこにはなんと乃木希典総督が、大島久満次警察局長、それに、多くの軍人を連れてきていた。

「総督」

「村上君、遅い昼食かね」

「はい」

「気にしないで食べていてよろしい」

篇祥雲が、奥から出てきた。

「いらっしゃいませ。初めてお目にかかります、当春風楼主人の簫祥雲でございます」

「そのほうが簫祥雲か」

大島が言った。

「はい、本日は何用で」

簫祥雲が声をかけるが、大島は、そのまま店の奥に行くと個室を開け放った。その中には、民政局の人間と警察局の職員と、台湾の民間人が話していた。机の上には、大金と阿片が置かれていた。

「吉田、お前」

大島は、落胆するように言った。

「いや、これは」

吉田と言われた警察の制服を着た日本人は、慌てて言い訳をするような体勢であったが、大島はその場でサーベルを抜くと、その切っ先を吉田と言われた男のあごの下につけた。

「これ以上言うと命はないぞ」

「そちらは何者だ」

「これは民政局の現地職員と、売人です」

乃木が進み出ると、台湾人二人は隠そうとしたのか、椅子から立とうとした。しかしそれよりも先に、一緒に入っていた軍人が銃を構え、それを制した。台湾人たちはなすすべもなかった。

乃木は阿片を手に取って、鼻に近づけた。

「阿片に間違いないな」

その威厳に満ちた声を聞いて、吉田と言われた人は、そのままうつむいた。

「おーっ」

売人は、いきなり隠し持っていた刃物を振りかざし、そのまま乃木に向かって突進した。乃木は、サーベルを抜きざまにその男の足を切り上げた。

「う、うおー」

足から血が噴き出し、床に倒れこんで悶え苦しんだ。すぐに軍隊が囲み銃を突きつけた。一瞬の出来事であったが、乃木は軍人だけあって、さすがに敵に対する動きは、機敏であった。

「とらえよ」

大島は、部下に命じると、その者たちは三人をとらえた。民政局の現地職員も吉田と言われる者もがっくりと肩を落としていた。

「ところで」

乃木は簫祥雲に向き直って言った。

「貴殿にも来ていただこう」

「なぜ、私が」

「貴殿の店の個室が、かような犯罪の現場になっておる。当然に何か知っているのではないか」

乃木は、近くにあった布巾で血の付いたサーベルを拭うと、サーベルを収めながら言った。

その会話を聞いていた警察官は、そのまま簫の左右と後ろに入った。

「私どもは、単純に個室を貸してほしいと言われて、そのまま部屋を貸しただけですから、なんだか全くわかりません」

「ありました」

奥からほかの職員が予約の書面や、大福帳と書かれた経理書類を持ってきた。

大島はそれを数枚めくると、ある箇所で目を止めた。

「これは」

乃木は、それを見て目を見張った。

「黄国鎮、阮振、陳発、蔡愛、林小猫、いずれ劣らぬ抗日先頭の首謀者であるが、こんなところに来ておったのか」

簫は、しまった、という表情を見せた。

「部屋を貸していたことだけではなく、もう少し聞かなければならないことがありそうですね。簫祥雲殿、少々お時間を頂戴できますかな」

簫の両手を警察官が掴んだ。その瞬間である。店の表口と厨房で、激しい爆発音が響き、店全体が揺れた。

「総督閣下」

大島は、とりあえず総督を窓際のほうに向かわせ、しゃがませた。店の奥からは数発の銃声が響き、簫の腕をとっていた警察官が血を噴き出して倒れた。

「仕組まれたか。逃がすな」

軍人数名が店の奥に向かって発砲したが、簫祥雲はそのまま店の奥のほうに逃げて行ったのである。

あっという間の出来事に、平蔵と与兵衛は、その机の下に隠れるしかなかった。与兵衛は、金麗江の手を握ったままである。

「麗江、危ないからしゃがみなさい」

しかし、その時、麗江は意外な行動をとった。懐から小さなナイフを取り出すと、与兵衛の手を刺し、そのまま簫祥雲を追って、店の奥のほうに走ったのである。

「麗江」

「ごめんなさい」

麗江は、そのまま爆発の後の煙の中に吸い込まれていった。

「追え」

立ち上がった乃木は、埃を落とすように自分の服をたたくと、自分は玄関から表に出た。

「総督閣下」

「平蔵、これでも殖産興業が必要と思うか。これをなくさなければ、陛下の宸襟を安じ奉ることなどできないのだ」

「はい、しかし」

奥も爆発したが火事にはならなかった。二人の目の前を、撃たれた警察官が運ばれていった。

そしてその奥に、呆然と立ち尽くす与兵衛の姿を村上平蔵はずっととらえていた。

第三章　心を攻める政治

1　綱紀粛正

「麗江が……」

乃木希典総督が総督府近くの春風楼を襲撃してから数か月が経つ。その間、海野与兵衛は幽霊のように街をさまよい、金麗江のことを捜し歩いた。村上から事情を聴いていた大島久満次警察局長は、そんな海野与兵衛を止めることはできなかった。しかし、逆に乃木希典はより一層警備を強めた。

「このたびの海野与兵衛巡査部長の悲劇は、ひとえに、台湾原住民および清国扇動者による反乱が原因であり、それを止めることによって、このような悲劇を再発させないことを旨とする」

総督府内における乃木総督の訓示は、むなしく響いた。特に苦々しく聞いていたのが民政局長の曽根静夫であった。

「……よって、まずは台湾の現住民の反乱を煽り、また賄賂などを受け取る汚職の徒を全て排除し、総督府内の綱紀粛正を図る。また帝国臣民による模範となって、台湾現地の民に天皇陛下の御威光を感じさせることとする。本件に関して、高等法院高野孟矩《たかのたけのり》院長にその権限を与えるものとする」

「えっ」

そもそも春風楼の襲撃は、阿片の取引が行われている現場を抑えるために行ったものであり、阿片の密売組織が武装していることを勘案し、軍の小隊を借りた。そのために、乃木総督自身が出張ってきたのである。その現場の春風楼に、たまたま黄国鎮など、台南で頑強に抵抗を続けている志士が集まった過去があることによって、春風楼の主人簫祥雲の召致をしようとしたところ、銃撃戦となっただけだ。その内容は「綱紀粛正」とは全く関係がない。ましてや、それらの取り締まり権限を警察局や民政局ではなく、高等法院に与えるというのは、曽根にとっては信じられない状況であった。

「村上」

曽根はかなり怒っていた。普段は「君」をつけて呼ぶが、この日に限ってはかなり語気が荒く、呼び捨てであった。

「はい、民政局長閣下」

村上は、北白川宮師団長付のころから上司の機嫌が悪い時の対処方法をよく心得ていた。

「なんだ、あの訓示は。民政局や警察局から取り締まり権限を取り上げるということか」

「はい、海野巡査部長のことから、同じ警察局では対処しきれないであろうと総督が申しておりました」

村上は、なるべく相手を刺激しないように丁寧な言葉づかいで言った。

「お前の差し金か」

「まさか、誤解はおやめください」

「そうだろうな。北白川宮様から『心を攻めろ』と遺言を預かっているお前が、そんなことを言うはずはないな」

「申し訳ございません」

「そうか、わかった」

曽根はそれからほとんど総督室に行かなくなってしまった。曽根民政局長と乃木総督の間は、この一件で完全に決裂したといってよかった。

2　高野孟矩高等法院院長非職事件

乃木総督の綱紀粛正の訓示以降、高野高等法院院長は、就任後初めてしっかりとした仕事ができたことに喜び、容赦なく腐敗を摘発した。しかし、その仕事ぶりは乃木希典の想像を大きく超え、少額のやり取りでさえも摘発の対象にしたのである。

「総督、この状況はどのように説明するつもりか」

「大島君はどう思う」

乃木総督の前には曽根静夫と大島久満次が、合わせて数百の辞表を抱え、その上に自分たちの辞表を添えて立っていた。

「警察などは仕事ができるはずがないのです。何かを取り締まる、そうすれば当然裁判になり、すると高野が出張ってきて台湾人のいうことを聞き、警察は誰かから賄賂をもらったから逮捕しただのなんだの難癖つけて、それで犯罪者を釈放。これでは話にならない」

大島もさすがに怒っていた。

警察官は窃盗犯を逮捕しても、「誰かが賄賂で密告した冤罪である」という証言だけで、高野が逮捕した警察官を拘束し、犯人を釈放してしまうのである。

「それだけじゃない。こっちも台湾人の中に情報屋をもって情報を買っている。総督閣下も軍を率いる時、現地の人間に道案内を頼み、小遣い銭をあげることがあるではないですか。しかしそれが癒着だといわれ、罷免されたのでは話にならない。こんなことでは警察の仕事などはできないので、警察局管轄内全員が辞職の意向です。ここにあるのは、総督府内のものだけで、これから全土から集まるものと思います」

「要するにもう少し融通を利かせろということか」

乃木はすぐに高野を呼び出した。

「そんなことは、彼らが賄賂欲しさに言っているだけではないですか」

高野は、曽根と大島の前でそのように言い放った。

「何だと」

「いや、語弊があれば言い直しますが、曽根閣下や大島閣下が賄賂をもらっているとは言いません。しかし、取り締まる側の警察官や民政局員が、なぜそんな金を必要とするのです。自分の捜査能力や調整能力がないからでしょう」

「高野君」

さすがに乃木も高野の物言いにはいらだってきた。

「総督閣下に申し上げますが、私は高等法院院長です。もしもそのような金銭のやり取りを認めるならば、そのような台湾総督勅令をお出しになればよいではないですか。私は法的には全くおかしなことはしておりません」

「総督、そういうことです。私も腹に据えかねておりますし、高野院長は法的には間違えてないという。それならば私たちの辞任をお認めになるしかありますまい」

曽根は詰め寄った。

「そこに立ってる村上君、君の意見を聞きたい」

乃木は突然机の前に立った三人を飛び越えて、総督室の傍らにいる秘書の村上に話を振った。

「私がお話しすることではございません」

「構わぬ、君も人間であればなにか感じておるであろう。それを口に出してくれ。一切咎めはせぬし、責任も問わぬ。三人もそれでよいな」

「異存はござらぬ」

大島は腕を組んで大きくうなずいた。

「では謹んで申し上げますが、私から改めまして申し上げることはありません。しかし、私が常にここにいて総督にお仕えしながら考えていますのは、やはり北白川宮親王殿下の『心を攻める』という言葉でございます。それだけでございます」

「ふむ。よく言った。法は犯してはならぬものだが、場合によっては法を犯しても結果としてよい方向に向かう可能性を否定できない。その可能性を摘んで心を攻めなかった高野君、君を非職とする」

「えっ、なんと。そもそも総督が綱紀粛正を……」

ドンと大きな音が聞こえた。乃木は総督の机を思い切り叩き、高野を睨み付けた。

「うるさい。私がこのように決定するのは違法ではない。とっとと日本へ帰れ、命令だ」

乃木の目は怒りに満ちていた。この怒りは高野に向けたというよりも、このようなことに気付かず、高野に任せていて総督府を不穏にした自分に対する怒りであった。高野は、その表情を見るとそのまま踵を返して総督室を出ていった。扉は大きな音を立ててバタンと閉まった。

「曽根君、大島君。そういうことだ、君たちが辞める必要はない。混乱させた私と高野が辞職すれば済むことである」

二か月後、乃木は辞職願を内閣に提出した。

3　児玉源太郎

「荒いとこだなあ。いつまで台湾総督府は戦争しているのだ」

明治三一年二月に第四代台湾総督に就任した児玉源太郎は、ため息交じりにこう言った。就任の挨拶後、乃木希典とは異なり一切訓示は行わなかった。その代わり、台湾の各所、それも反乱が起きて危険な台南の県庁なども、全て自分で周って帰ってきたところだ。各局長を軍の参謀本部に呼んで、会議室に入った第一声がこれである。

「まあ、乃木のやったことだから仕方ないか」

児玉はため息交じりに言うと、周囲を見まわして続けた。

「ああ、乃木を否定しているのではない。乃木は明治人の美意識の体現者として尊敬に値する人物である。ただし、ちょっとそのことを台湾人に理解させるのが下手だっただけだ」

こう言うと、隣に座る髭を生やした青年を立たせた。

「ここにいるのが、後藤新平君。辞任して帰国された曽根静夫民政局長の後任に、私が指名して無理を言って台湾まで来てもらった。私は軍人で民政のことはよくわからない。

なるべく理解するように努力するが、やはり餅は餅屋。民政のことは全て後藤君に任せる。後藤の言葉は私の言葉と思ってほしい。後藤のやったことの責任は全て私が取る。何か不満があれば全て私が聞く。後藤に注意しなければならない時は私が注意する。私のところに気軽に文句を言いに来てくれ。部下の者にもそう伝えよ。気軽に、気軽にだ」

立ったままの後藤が話し始めた。

「総督と一緒に見て回りました。現在の内戦を全て平定しながら、治水と殖産興業を行うつもりです。詳細は後にお知らせします」

「まあ、そういうことだ。何か意見のある者は」

「警察局長の大島です」

大島久満次が立ち上がった。

「警察はどうすればよいでしょうか」

「そんなもの決まっているだろう、治安維持だよ。でも、乃木の時みたいに厳しいことを言うつもりはない。私は征服するのではなく、統治をしに来たのだ。だからあくまでも犯罪者だけを取り締まってくれればよい。もちろん、乃木の時みたいに堅くやる必要はない。最も君たちがやりやすいようにやってよい」

大島は意外そうな顔をした。乃木と同じように綱紀粛正を言い始めるのではないか、と思っていたのだ。

「ああ、台湾に来る前に議会から報告を受けているよ。高等法院院長だった高野君のことだがね。皆さんとその部下は、乃木がいた時のように堅苦しくやる必要はない。もちろん、綱紀粛正は必要だ。しかし、警察が情報屋から情報を得て金を払ったり、現地の人とともに飲み食いをするくらいで罰したりはしない。安心してくれ」

大島は、安心したように大きくうなずくと、そのまま腰をかけた。

「新平、どうだった」

総督室に戻った児玉源太郎は、一緒に引き上げてきた後藤新平と村上平蔵に向かって言った。

「児玉総督、いや源さんの方がいいですかね」

後藤新平は笑いながら言った。特別に親しいわけではない。しかし、児玉源太郎は本人の考えで、「軍隊の指揮命令以外は対等の関係」ということを旨としていた。警護を使うことや格式を重んじることは重要だが、そのことによって真意が伝わらなかったり、真実が隠されることを嫌ったのである。友達感覚でなんでも話せたほうがよい。その考え方から、後藤新平などにも自分を「児玉さん」とか「源さん」と呼ばせていたのである。

「源さんでいいよ。台湾に来ても人間関係が変わるわけではないからね」

「ならば、ほかに人がいない時は源さんと呼ぶようにしますよ。で、源さん。この後どうするのですか」

「新平さんならわかるだろう。まずここにいる秘書の村上さんがね、北白川宮のおそばに仕えていて、台湾の統治は心を攻めるべし、とのお言葉をしっかりと聞いておいてくれたんだよ」

児玉源太郎は平蔵の横に立つと、あまり大きくない体には似つかわしくない強い力で、平蔵の肩を叩いた。

「源さん、それならやりやすい」

「心の攻め方は昔から二つ。アメとムチだ。アメは日本人と一緒に暮らすことでの台湾の発展と豊かさ。ムチは、反抗する奴の処罰と一罰百戒。これでどうだ」

「では私はアメの担当ですね」

児玉は、声を出す代わりに大きくうなずくと、やっと総督の椅子に座った。

「では、まずは道路・治水灌漑・あとはガス燈などの整備。その次が金銭的な豊かさで殖産興業。このようなところでどうでしょうか」

「殖産興業はどうする。台湾は昔から樟脳が有名だが」

「樟脳だけでは足りないでしょう。ほかにも何か必要になってくると思います。とにかく、さまざま調査してみないと私にもわかりません」

「必要なことはすぐにやりなさい。また、必要な人材がいるならば、すぐに呼びなさい。相手に何か条件があるならば、その条件は全て整えなさい。全て私が許可する。村上君、君が証人だ。よいね」

「は、はい」

村上は突然自分のほうに話が来たので驚いて、裏返った声が出てしまった。その場に笑いが生まれる。乃木が総督の時には考えられないような笑い声であった。

「よし、ではすぐに大島君を呼んでくれ。方針が決まったので、台湾全土に軍を出して、反乱を全て鎮圧する。鎮圧軍の編成は、原則として今回限りとする。よいな」

「え、は、はい」

村上は、驚いた。笑いの後、間髪を入れずに戦争の準備である。村上は、今までの総督にはない怖さを感じた。閣下とか様とか敬称をつけずに親しく話していながらも、頭の中では常に次のことを考え、そして、笑いの後に全く違うことを命令できる。

「村上君、何を驚いているのかね。アメとムチ、そう言ったから、鞭の方をすぐに命令にしただけだよ。これが私のやり方だ。慣れてくれないと」

児玉源太郎は、当然のことのように笑うと、すぐに全く異なる書類に目を通し始めた。何事もなく立ち去る後藤新平。これが日本の上層部か、村上はそう思ったのである。

4 反乱討伐軍

明治三一年一一月、台湾総督府では二つの動きがあった。一つは法律の改正であった。これは、京都帝国大学教授で民法学者の岡松参太郎《おかまつさんたろう》を招聘し、後藤新平が会長となって「臨時台湾旧慣調査会」を発足させ、台湾の法制や旧清国の法律を研究させたことの成果であった。これらの研究の成果が『清国行政法』であり、その網羅的な研究内容は現代であっても近世・近代中国史研究に欠かせない資料となっている。その結果として台湾総督府臨時法院条例改正（律令二三号）を行い、匪徒刑罰令《ひとけいばつれい》による罪についても臨時法院において審理するということを決めた。そして同日匪徒刑罰令（律令二四号）を定めた。これは、何らの目的を問わず、暴行又は脅迫をもってその目的を達するために多衆結合する行為を「匪徒ノ罪」とし、最高死刑をもって処断する、とした内容であった。この「匪徒ノ罪」は、遡って適用され、また政治犯であっても「匪賊」要するに、「盗賊の一種」として罰することを定めたのである。

後藤新平は、清国民のプライドの高さとメンツを気にする性質を、研究の成果としてよく理解していた。そのことから「政治犯」や「日本に抵抗すること」が恥ずかしいこと、一族や世間にメンツが立たないことというようにするために、わざわざ政治犯を匪賊扱いにしたのである。

そしてもう一つが、「討伐軍」である。これは、台湾守備軍・陸軍・海軍と警察局の連携で行われた。

「訓示を行う。これはあくまでも抗日軍との戦争である。しかし、抗日軍といえども、すでに本土は日本国であり、相手は言語などが違っても日本人である。大日本帝国政府は日本国民の生命と財産を守ることを命としているので、当然に、抗日軍の家といえども放火や狼藉は一切許さないものとする。また、明らかに抵抗し銃を撃ちかけてくる者以外、単に抗日軍の嫌疑しかない者に関しては、地元の有力者などの確認を得て逮捕し、臨時法院において審議の上で処罰する。無抵抗の者を殺したり暴行をすることは許さぬ。逆に、抵抗する者は徹底して殲滅する、以上だ」

児玉源太郎は、一段高い演説台の上で言った。横に控える大島が号令をかける。

「全軍進め」

海野与兵衛も討伐軍の中に入っていた。また村上は、秘書として児玉総督の本陣にいた。実際のところ、児玉は秘書というよりは、もともと近衛師団長付きの将校であったということで村上を重用した。そのことが、この時も本陣に村上を置くきっかけとなった。総督府の留守は後藤新平に任せていた。ちょうど農業の専門家である新渡戸稲造なども、殖産局長心得兼臨時台湾糖務局長としてアメリカから赴任してきていた。

「村上君」

軍の中に入ると、児玉は総督というよりは軍隊の司令官という威厳が出てくる。平蔵は神々しいものを見るように児玉を見上げた。

「この辺は新竹だが、どのようなところか」

台湾平定軍として一度来訪している平蔵の情報は、児玉にとって重要であった。

「はい、この辺は台湾の中でもかなり変わっているところで、中国本土からの来訪者、それも『客家《はっか》』といわれる、古代に来訪した本土人が居ついているところです。特にこの東、竹東地区では、客家独自の文化が存在します」

「その者たちは、日本に服しているのか」

軍隊にいる時の児玉は、平時と全く行動が違う。どちらかといえば天才肌の児玉は、さまざまな情報を入れて瞬時に判断する。そのために、情報の入手には妥協がない。質問も矢継ぎ早に来るのだ。

「いいえ、私にもよくわからないのですが、なんでも旧大陸国家の支配層であったとかで、いまだに気位の高い人々が少なくないという感じです」

「ほかに情報はないか」

「はい、近衛師団の時はこの辺にいました時、台北との補給路が断たれ、その復旧と伝令で常に出入りしていたものですから、新竹周辺の情報はありません」

「そうか」

児玉は、腕を組んだまま目をつぶった。非常に短い時間児玉が思案する時の特徴である。

「ふむ。全軍に警戒しながら前に進めと命令せよ。攻撃は命令があるまでするな」

これが児玉の結論であった。

5　与兵衛の死

「全軍、警戒しながら前へ進め」

大島久満次は自分の部下の警察隊に命令を出した。

海野与兵衛を含む第三小隊も前に進んだ。列が竹東地区に入った時である。行軍の最前列で銃声がする。

「奇襲」

細い路地から少し開けた広場に出たところで、茂みから一気に銃撃が始まった。広場の入り口に第一小隊の数名が死体になっていた。第一小隊の生き残りと第二小隊は、すぐにバリケードを作り、攻撃を避けた。

「どけえ」

児玉源太郎は後方の本陣から前に進み出てきた。馬なども使わず、徒歩立ちでそのまま前に進み出てきた。

「なにがあった」

「路地先の広場で敵襲です」

「そうか、被害は」

「第一小隊に死者、第一、第二小隊に負傷者です」

「よし、第一小隊と第二小隊の負傷者を本部まで下げよ。第三小隊、第四小隊前へ」

児玉の命令を受けて大島がすぐに具体的な命令を出す。

「第三小隊前へ。第四小隊は、第一小隊、第二小隊の負傷者を下げた後、第三小隊の右に展開せよ」

児玉の横には、秘書なので文官として拳銃以外は持っていない村上が、やっと児玉に追いついたのか、肩で息をしながらなんとか身体を保っていた。

「村上君はもともとが海軍だし、最近はあまり走ってないから少し疲れたかな」

同じ距離を走っているはずなのにはるかに元気な児玉は、子供のような笑顔を村上に向けた。

そんな村上の横を、第三小隊所属の海野与兵衛が通り抜けた。海野は歩兵銃を持って隊の横に立った。

「第三小隊、撃て」

小隊長が命令を下す。一斉射撃の中、第四小隊が第一小隊の負傷者や死者を引きずって後方に送る。命令にはなかったが、第五・第六小隊がバケツリレーのように負傷者を後方に送った。さすがに日清戦争で慣れていたのか、訓練が行き届いていてその速度は速い。一斉射撃が三回か四回行われた後、第四小隊が前方に展開して戦闘態勢に入った。

「第三、第四小隊構え……撃て」

パンパンパン

少しずれて火薬の破裂音があたりに響く。第三小隊だけの射撃は「威嚇射撃」で、第四小隊の作業を援護するための砲撃であった。そのために、敵を狙うというよりは敵の攻撃を抑えるための射撃であった。ゆえに敵の兵に当たることは少ない。しかし、攻撃がそろったのちは、敵を制圧するための射撃である。一斉射撃とともに、広場の向こう側に鈍い音が流れ、敵と思われる人のうめき声が響いた。その後茂みが揺れ、そしてまた音が響いた。

広場は緩やかではあるがすり鉢状になっており、上方に茂みや樹木が生えていて、その真ん中に道が続いていた。日本軍のいる側は低く、すり鉢の上方から、一か所に集中する日本軍に容赦なく銃弾が降り注いでいた。しかし、訓練された軍隊の歩兵銃は、その茂みの中の敵を確実に捉え、敵の方では、日本軍の銃弾の先に斃れた人を助ける行動が始まっていたのである。

「麗江」

数回目の一斉射撃の後、海野はそう叫ぶと、そのまま歩兵銃を置いて前に走り出した。

「待て、戻れ」

一瞬の出来事に、小隊の兵士たちは抑えることはできない。小隊長もそう叫ぶのがやっとであった。

「麗江」

村上は、与兵衛の声を聴いて前に出ようとした。しかし、小さいながらもがっしりとした児玉の手が、村上の肩を掴んで止めた。村上はなおも前に出ようとしたが、その瞬間、

「発砲」

坂の上の茂みから一斉射撃があった。バリケードから体をはみ出したまま与兵衛を見ていた数名の兵士の腕や肩を、台湾反乱軍の銃弾が貫いた。

「れ……」

「第三、第四小隊撃て」

小隊長は、慌てて指揮を出した。目の前では、胸板と左の太ももを銃弾に貫かれた与兵衛

が、膝から崩れ落ちるところであった。坂の上の茂みが揺れているところに、日本軍の銃弾が一気に突き破っていった。

「第五、第六小隊前へ、第三小隊海野を助けよ。後は全軍前へ押し出せ」

大島が命令する間もなく、児玉は大声を出しサーベルを高々と上げると、サーベルの先にあたった太陽の光を坂の上に放った。日本軍は、全軍が銃を撃ちながら前に進んだ。第三小隊、第四小隊がまず撃って進み、その次に第五小隊が撃ちながら前に出る。ちょうど常に後ろの小隊が銃を放ちながら前に出て展開し、敵が撃つ前に、次の小隊が前に出る。味方の犠牲をいとわず、敵を制圧して前に進む。のちに、児玉源太郎が日露戦争の激戦区二〇三高地攻略の時に使った戦術である。

敵はあっという間に蜘蛛の子を散らすようにいなくなった。村上は、中空を見つめたまま崩れ落ちている海野の亡骸の横に跪いた。ちょうど上方の先端部分にある木の横に、二人の台湾人が残されていた。女性と老人である。児玉源太郎は、村上の肩を軽く叩くと、サーベルをしまい、その二人のところに歩み寄った。二人は第三小隊の兵に銃を突き付けられていたが、怪我一つなかった。

「そのほうが金麗江か」

ゆっくりと進み出た児玉源太郎は、その若い女性に向かって言った。少しおなかの膨らんだ女性は、小さくうなずくと目から大粒の涙をぽろぽろと落とした。

「この娘には罪はないのです」

老人はそう叫ぶと、児玉と娘との間に割って入った。

「簫祥雲だな。娘は殺さぬ、傷もつけぬ。安心せよ」

児玉は威厳のある声で言い放つと、金麗江の前にしゃがんで手を握った。

「悪いが来てもらってよいか」

そう言うと、麗江のおなかに手を当てて言った。

「この子の父親に会ってくれないか。祥雲殿もご同行くださらぬか」

第二小隊と第五・第六小隊は、周囲を臨戦態勢のまま見張っている。その中を、児玉と二人の台湾人が手を取り合って坂の中腹まで歩いて行った。手の空いている兵は、三人に向かって、いや海野与兵衛に向かって敬礼をしている。

「与兵衛さん」

麗江は、与兵衛の亡骸に縋り付くと泣いた。祥雲もその場に立ち尽くして、もう元には戻らない自分の過ちを悔やみ、そして泣いた。そんな麗江を村上平蔵が包み込むように抱き寄せる。

「祥雲殿、私は台湾総督としてお願いする。もうこのような思いはしたくない。ぜひとも祥雲殿がほかの人々を説得してくれませぬか。この通りお願い申す」

児玉は、その場で帽子を取って頭を下げた。

「……」

「お父さん」

麗江も祥雲のほうに顔を向けた。

「親子だったのか」

「はい。私どもは日本に対抗するために、娘を日本人に近づけ、そして情報を取っていました。娘は自分の身を犠牲にして、海野与兵衛から情報を取りましたが、それ以上に心も奪われてしまっていたのです」

「そこまでして日本が憎いか」

児玉はゆっくりと尋ねた。

「いえ、今となっては、なぜ私たちは、何と戦っていたのかわかりません」

「祥雲殿、なぜ祥雲殿の娘は子供を産もうとしているのか」

「うぅうぅ」

祥雲も膝をついて泣き崩れた。

「我々がやらねばならぬことは、戦うことではなく、相手を好きになることではないのか。我々が戦うべきことは、古い因習や対立する意識ではないか」

「児玉総督、その通りです」

「では、そのことを伝えて下され。われら日本軍は、ここに斃れた貴殿の身内も、そして日本の兵士も、ここに埋葬し、本日の痛みを忘れないように供養したいと思う。それでよいか」

祥雲はうなずいた。

6 攻める心を作る

簫祥雲と金麗江は、一度、新竹の自分たちの郷に戻った。はじめのうちは説得できなかったようであるが、最後には納得したようである。最後まで頑強に抵抗した姜発は、郷の人々の合意が不満であったのか、自宅で毒をあおって自殺した。その郷の指導者であった姜発の自殺後、台中地区の反乱は急激に縮小した。散発的に銃を撃つ人がいる程度で、組織的な反乱は全くなくなったのである。

討伐軍は、その後も討伐を続けた。特に台南地方は古来の民族が多く、台北で使っている言語もなかなか通じないために、その説得がうまくいかなかったからだ。また、乃木の謹厳実直な第三師団がかなり厳格に行ったために、日本軍に対する敵対心が非常に強く、ゆっくりと話し合いを行って台南の人々を納得させるというようなこともできなかったのだ。

台南の阿公店地方はそのような状態であったために、非常に混乱した。その惨状は、イギリス長老教会の牧師ファーガソンが香港デイリーニューズに人道問題として投書するほどであった。

明治三五年までに、反日運動の戦士または逮捕後の死刑の人は一万人を超えたともいわれる。海野与兵衛と金麗江の願いは、なかなか叶えられなかったのである。

「これでよかったのでしょうか」

総督府に戻った村上は、児玉に尋ねた。

「わからん」

児玉は、机の上の書類から目を離さずに言った。机の上には「機密」と書いてある書類があった。

「その書類は」

村上が聞くと、児玉はポンと村上のほうに投げて寄越した。

「そろそろロシアと戦争するらしい」

「ロシアですか」

何枚かページをめくると「対露西亜軍事計画」と書かれている。村上はその題字を認めると、それ以上ページをめくることなく、そのまま総督の机に向きを変えて戻した。

「ふむ」

児玉は、また腕を組んで黙り込んでしまった。最近本国から書類が来るたびに考え込むことが多くなったような気がする。

「村上君、今台湾人をロシア人の前に置いたら、どうなると思う」

「どう、と言いますと」

「日本に向かって銃を撃つか、あるいはロシアに向かって銃を撃つか」

「私は、ロシアに向かって銃を撃つと信じています」

「信じるということは、そうではないということか」

児玉は、また少年が何かを見つけたような、いたずらっぽい笑顔を見せた。

「残念ながら、自信はありません」

「なぜそう思う」

「台湾人には守るものがありません」

「ほう。続けよ」

児玉は村上の答えに興味を持ったのか、それまで背もたれに任せていた上体を起こすと、ペンを取って紙に向かった。

「では、私の意見を申し上げます。総督は四年前のことを覚えておいででしょうか」

「四年前」

「総督にとっては小さなことかもしれません。私の友人の海野与兵衛が台中新竹で撃たれた時のことです」

「おう、もう四年も経ったか」

児玉は、実は海野与兵衛のことは覚えていた。しかし、ほかにもさまざまなことがあったのも事実である。その上、今まで海野のことを、少なくとも総督である児玉の前では何も言わなかった村上の心を思って、わざと忘れたふりをしたのである。

「はい。総督には嫌なことを思い出させて申し訳ありません。実は、あれ以来ずっと出ない答えがあります」

「何かな」

「はい、なぜ、あの時与兵衛は前に出たのかということです」

「それは、長きにわたって別れていた金麗江と会いたかったからであろう」

「私もはじめはそう考えました。しかし、与兵衛とのさまざまな思い出を思うと、必ずしもそうではないと思うようになりました」

「なるほど。続けてくれ」

児玉は、なんとなく話に引き込まれた。これは海野与兵衛一人の話ではないような気がする。今、自分が悩んでいることの答えがそこに隠れているような気がしたのである。

「はい。実は海野は、自分に子供ができたことを喜んでいました」

「子供か。そういえばあの娘はおなかが大きかった。今ごろ、生まれているのであろう」

「はい、いえ、そういうことではなく。与兵衛は、子供を守ろうとしたのではないでしょうか」

「子供を守る。おなかの子供をか」

児玉はさすがに驚いた。敵方にいる、それも人質ではない者。もともと台湾人で、自分を騙し情報をとっていた娘のおなかの中にいる子供を守る。通常であれば、とっくに堕胎しているであろう子供、その子供がいることを信じて海野与兵衛は前に飛び出したというのか。児玉はにわかには信じられなかった。

「はい、本人が言っていたわけではありませんが。それだけではありません。麗江を探しながらも、自分が情報を取られるために騙されていたことも十分に知っていたと思います。しかし子供は、与兵衛の子供です。その子供を、両方の銃弾から守ろうとした。そうは考えられないでしょうか」

「ふむ」

児玉は考える仕草になった。確かにあり得ない話ではないのである。

「守るものがあれば、あの状況でも前に進むことができるのが人であると考えます。同様に、簫祥雲も金麗江も、我々が前進した時に、殺されるかもしれないのにその場にとどまっていました。日本人と同じ心が、彼ら台湾の人々にも残っているのではないでしょうか」

「そうだなあ。あの娘、なぜ子供を堕ろさなかったのか」

「はい、やはり守るものがあれば、それだけ守るもののために戦う。では、今の台湾人にロシアから守るものはあるでしょうか。あると思う台湾人は、ロシア相手に戦うと思います。しかし……」

「もうよい」

児玉の前の紙には「子供」「守るもの」と書かれていた。

「村上君、北白川宮は『心を攻めよ』、そう言ったのであったな」

「は、はい」

「我々は、心を攻める前に、その心を作らなければならなかったのか」

児玉は、何かに気付いたように書類を取り出して読み始めた。こうなると村上がそこにいようと関係はない。そのことをよくわかっている村上は自分の席に戻った。

しばらく読んだ後、書類を持っていきなり児玉は乱暴にドアを開け、そのまま出て行った。

戻って来た時には、晴れやかな顔になっている。

「もう、これは関係ないな」

児玉は、かなり大きな声で独り言を言うと、ロシアに関する機密文書をゴミ箱に捨ててしまったのである。

数日後、明治三五年六月一四日、台湾総督としては当時では珍しく台湾の人々に事業を奨励し財産を作らせる法律である台湾糖業奨励規則（律令五号）が発表されたのである。

7　心を攻めることの実践

風雲急を告げるという言葉があるが、ロシアと日本との戦争は、まさにそのような状況であった。この年から発足した桂太郎内閣において、児玉源太郎総督は内務大臣と文部大臣を兼務することになった。

「台湾は、後藤君と大島君に任せる。内政は後藤君、軍事警察は大島君だ。この二人がいれば、私などいなくても構わん。何か急用があれば、優秀な秘書課の村上平蔵がいるから、彼になんでも聞けばよい。電信でいつでも私が答えられるようにする」

会議室には、明朗快活な児玉の声が響いた。しかし、そこにいる局長は全て、不安の表情を隠せない。

「なに、内務大臣といっても台湾も日本と同じだ。文部も同じ。少しやることが広くなるだけだ、心配することはない。こちらには日本の本土と違って、後藤や大島がいるということが最も重要なんだよ」

台湾は、後藤新平が招聘した新渡戸稲造の研究によって製糖業が成長し始めた。台湾の人の生活は台北から、というよりは抗日運動がなくなったところから急激に改善された。また医者の出身の後藤新平は、疫病を問題視して、日本にある医療大学と同じ教育をする台湾医学校を、就任後すぐに設置した。このころになって医学校の卒業生が出始め、疫病が徐々に猛威を振るうことがなくなったのである。

後藤新平は治安が良くなったところから、疫病予防のために上下水道を完備し、また主要道路を舗装し、深い側溝を作ることによって汚水や雨水の処理を簡単に行うようにした。当時日本の本土で行われていた都市計画の最先端を台湾に持ち込んだのである。

児玉源太郎は「心を攻める前に、心を作る」ということを実践した。それが「疫病もなく、豊かで暮らしやすい故郷の創設」ということであったのだ。

「村上君、君には感謝しなければならないな」

「いえ、何もしておりません」

「いやいや、君が北白川宮の『心を攻める』という言葉を教えてくれなければ、今の台湾の発展はなかったのではないかと思う。『心を攻める』とは、単純に懐柔するということではない。そもそも、海野与兵衛のことのように、守るものを作り、そしてその守るものを大切にするという心を育てるということである。そのためには、安心して暮らせる街を作り、清潔で暮らしやすく豊かな生活を与えなければならない。後藤新平は、その意味では適任であった。元医者であるから疫病対策と予防にきれいな水を作り出すことと、そして新渡戸稲造を呼んで砂糖という産業を興し、豊かな台湾を作り上げた」

「私ではなく、全て総督のお考えであると」

児玉は、その言葉を聞くと大声で笑った。

「何か希望はあるか」

「では、我儘を一つ」

「なんだ。そういえば村上の我儘というのは聞いたことがないな」

「はい。実は、仕事を辞めさせていただきたいと思います」

「なに」

児玉は驚いて急に立ち上がった。

「いえ、今すぐというのではなく、日本とロシアの大戦が終わりましたら、その時に辞めさせていただければと思います」

「ふむ」

児玉は、再び椅子に深く身を沈めると、いつもの考える姿で腕を組んだ。

「村上、辞めてどうする」

「特に当てはありません。しかし、親友であった海野のことが心から離れませんので、少しお時間をいただきたいと思います」

「少し考えさせてくれ。ああ、次に本土に戻るまでには結論を出す。それでよいか」

「いえ、ロシアとの戦が終わるまでで」

「そんなこと悩みながら戦などできぬわ」

児玉は、座ったまま目を閉じた。

数日後、村上は休みであったが、総督室に呼ばれた。総督室には、児玉と、その前に三人の人影があった。

「祥雲殿、それに麗江さん」

村上は、驚いて扉の所に立ちすくんだ。あの時、与兵衛が斃れた新竹の広場で別れて以来、全くどこにいるかわからなかった親子がそこにいたのである。いや、親子だけではなく、麗江の横には与兵衛と麗江の子供が立っていた。まだ四歳の男の子である。本来ならば総督室にいるはずはない。いや、まだ抗日運動の収拾がついていない台湾の中において、数年前とはいえ抗日軍の一手の大将が、倒す標的である総督室にいるなどというのは考えられないことであった。

「平蔵さん、ご無沙汰しております」

祥雲はそう言った。

「あ、はい」

「驚いているのか、村上君」

児玉は、いつも通り総督の椅子に座っていたが、引き出しを開けると中からお菓子を取り出し、愛玩動物を餌付けするように子供に与えた。子供はすぐに手に取って、そのまま口に運びにっこりと笑顔を作った。

「ちょっと、総督室に来てもらった。実は海野君の件があって以来、祥雲殿と麗江さんは台湾総督に協力的に働いてくれた。台中地区の抗日軍を説得した。その上で、台北周辺から台中までの間の製糖業の発展のため、彼らは開墾し、サトウキビを作り、そして、新渡戸君の下で働いてくれたのだ。村上君に黙っていて悪かったが、まあ、よいかと思う」

「祥雲殿、本当に」

「はい、その通りでございます。海野与兵衛さんが死んで、いや私たちが殺してしまい、改めてなぜ私たちが戦っているのかわからなくなったのです。麗江がそんな中、多くの人を説得したのです」

麗江が、父親である祥雲を制して言った。

「いえ、多くの人に言ったのです。日本人の血の入ったこの子をあなたは殺しますかと。もう日本人の父もいない、この子を、日本人の血を憎みますかと。私がしたのはそれだけなんです」

何を言われているかわからない子供は、児玉源太郎の差し出したお菓子の入った瓶の中からお菓子を取り出して食べている。

「その子は」

「与兵衛さんの名前から一字もらって与吉といいます。日本人と一緒に暮らそう、そう思って、台湾の名前ではなく日本の名前を付けました」

麗江は、にっこり笑うとそのように言った。

「さて、村上君」

児玉源太郎は、それまでお菓子の瓶を使いながら与吉と遊んでいたのであるが、急に村上のほうに向き直って声を発した。相変わらずはっきりとした、それでいて耳触りの良い声である。

「村上君は、この仕事を辞めたいと言っていたねえ」

「はい」

「これでも辞めたいか」

「はい。海野与兵衛のことはよかったと思います。しかし、やはり心の整理がつかないのです」

「わからんでもないな」

児玉はまた総督の椅子に座ると、今度は引き出しから、何やらおもちゃを取り出した。起き上がりこぼしのような物や、将棋の駒のような物、中にはビー玉まであった。いったい、この総督の机の中には、どれほどどこのような物が入っているのであろうか。

おもちゃを与えられて遊んでいる与吉を見て、祥雲はそこにしゃがんで一緒に遊び始めた。麗江は、近くの応接セットの椅子に座っている。海野与兵衛のことがなければ、陽だまりの中で親子三代が普通に遊んでいるようにしか見えない。

「我儘を許す。ただし、日本とロシアの戦争が終わるまでは、このままここにとどまるように。よいか」

「はい。はじめからそのつもりです」

「それから、祥雲殿に本日来ていただいたのは、祥雲殿が持っていた春風楼、あれを総督である私が買い取り、そして村上、君に渡すためだ」

「えっ」

「何を驚いておる。村上君は仕事を辞めてからやることがない、と言っておったではないか。そこで祥雲殿にお願いして、村上君の仕事を作ろうと思い、春風楼を譲ってもらうことにしたのだ。どうだ、村上君の新しい仕事としては申し分あるまい」

「は…、はい」

村上は驚いた。総督と秘書の関係、仕事上のたったそれだけの関係であるはずだ。しかし、なぜ児玉源太郎という総督はそこまでやってくれるのであろうか。

「もう一つ。麗江を私の養子にした。春風楼と一緒に、祥雲殿から譲り受けたのだ。そこで、養父として村上君にお願いするのであるが、どうだ、麗江と祝言を挙げるつもりはないか」

「……」

さすがに村上は何とも言えなかった。与兵衛の子供が気になる。台湾に来た時から無二の親友であった。その親友の子供と、結婚はしていないものの許嫁をそのまま譲り受けるというのである。それも、何か問題が発生しないように、児玉源太郎は自分の養子にしたのちに、村上のもとに嫁がせるというのである。

「何も悩む必要はない。養父である私も、本物の父である祥雲殿も、そして、麗江本人も、村上君がよければそれで、ということになっている。それとも嫌いか」

「いえ、いやとか嫌いとかではなく」

「まあ、急に言われれば戸惑いもするであろう。しかし、ずっと秘書をやっていれば女性と恋仲になる時間もなかったであろう。まあ、ロシアとの戦争が終わるまでゆっくり悩んでおけばよい。ロシアとの戦争が終わって台北に戻った時に、村上君の本音を教えてもらおう」

児玉源太郎は、いささか自分が強引であるという自覚もある。しかし、村上と海野の関係や、祥雲との関係、そして海野の忘れ形見である与吉のことを考えれば、本人同士の気持ち以外、最もよい結論ではないかと思った。

「ありがとうございます」

村上の声は涙で揺れた声であった。児玉の心は痛いほどによくわかった。そして、そのことを笑顔で聞いている簫祥雲と金麗江の笑顔が、窓から差し込む光と重なってまぶしく見えた。

「与兵衛、平和になったのだよ」心の中で村上は、何度も何度も、与兵衛に語りかけた。与兵衛を殺した相手と自分が一緒になり、与兵衛の子供を育てる。それも、皆で一緒に食べたあの店で。戦っていたことが嘘のように。

村上平蔵は、流れる涙をそのままに、深々と頭を下げると、そのまま総督室を後にした。

8　祝言

児玉源太郎は、簫祥雲のほかにも多くの台湾人と積極的に交流した。各地を精力的に巡視して「饗老会」という会を作り、八〇歳以上の男女を食事に招待し、台湾の昔話や、その時の困りごと、そして台湾の文化と日本の文化の違いなどを聞き、そのよいものを取り入れた。児玉はこのようにして民心掌握をすることによって、台湾が抗日運動を行うことをなくすようにした。村上はその児玉に付き従い、長老の話を一緒に聞いて報告書にまとめた。祥雲や麗江も村上に同行し、台南地方など方言の強いところでは通訳を買って出たり、総督に危険がないように事前に調整を行っていたのである。

後藤新平と新渡戸稲造は、児玉が「饗老会」を開いたのちにその土地に行って、長老の言う通りに土地の区画整理や治水を行い、産業の発展に努めた。もちろん村上の作った報告書をもとに、全て計画を立ててから行ったのである。

このことによって、明治三七年（一九〇四年）までに、抗日運動はほとんどなくなったのである。長老が総督と合意して、長老の命令で開墾をし産業化するのであるから、若者も従うしかなかったのである。

「このようにしておかなければ、私は本土と朝鮮と満州とロシア、そして台湾を何往復もしなければならなくなる。逆に、心を攻め、守るものができれば、最後にはロシアとの戦いに台湾も自主的に参加してくれるであろう」

児玉は、ほとんど抗日運動がなくなった台湾について満足気にそう言って、本土に帰って行った。いや、児玉は本来引き受けなくてよかった参謀本部次長を、大山巌に特に言われて引き受けたのである。内務大臣を辞任しての参謀本部次長は降格人事であるが、「日本のためには仕方がない」と言って、児玉は喜んで了承したという。昭和二〇年の終戦までの間に自ら降格人事を了承したのは、児玉源太郎ただ一人であった。

「何度も言うが、内政は後藤新平、警察は大島久満次、そして緊急時は私の秘書に言ってくれればなんとかなる」

児玉は、通称「児玉ケーブル」と言われる海底ケーブルを九州と台湾の間に通し、常に電信で連絡が取れるようにしていた。そのために、何かあれば村上平蔵が児玉に連絡を取ることができるようになっていたのである。

児玉源太郎の計らいで、台湾に「徴兵制」はなかった。しかし、「児玉と一緒に戦いたい」という台湾人は多く、一部は志願兵として従軍を希望するという事態になった。一方、戦費の調達として重税が課された。

台南州東石郷《とうせききょう》副瀬村《ふくせむら》の派出所に勤務した森川清治郎は、派出所の隣に寺子屋を設け、手弁当で、子供たちのみならず大人たちにも日本語の読み書きを教えていた。しかし、この重税で漁業税が制定され、立ち行かなくなった村人の陳情を受け税の軽減を嘆願に行くが、逆に森川巡査は懲戒処分になってしまう。森川巡査はこの処分に無念と無力さを感じ、銃の引き金を引いて自決した。銃声を聞いて駆けつけた村民たちは、変わり果てた巡査の姿を見て嘆き悲しみ、村の共同墓地に懇ろに弔った。のちにこの村で伝染病が流行った時に、巡査は村長の夢枕に現れ、「環境衛生に心がけ、飲食に注意し、生水、生ものを口にせぬこと」というお告げをして村人は助かったという。死してなお村人を守った森川巡査は「義愛公」の名で台湾人に親しまれ、神としてまつられている。

この戦費徴達に関しては、それほど多くの犠牲が出ていたことは確かである。

「いや、疲れたぞ」

明治三八年、日露戦争が日本の勝利のうちに終わり、児玉は東京でその戦争報告を終わらせると、すぐに台湾に戻ってきた。ロシアという大国と戦争をし勝ってきたという雰囲気ではなく、ちょっと近くの山登りをしたかのような表情で、児玉総督は総督室の自分の椅子に座っていた。総督室には後藤新平と大島久満次と村上平蔵が総督の机の前に立っていた。

「ところで、台湾はどうであったかな。私が留守にしている間に何か変わったことはなかったか」

本当に、休暇か何かが明けた後という感じでしかない。戦争の話も満州の話も、そして伝え聞いたり、新聞などで見ている旅順の攻防戦の話も、児玉の口からは何も出なかった。

「総督、まずはご報告いたします」

後藤新平は、分厚い書類をドスンと音を立てて机の上に置くと、こう言った。

「これで報告終わります」

児玉は一瞬驚いた表情をしたが、しかし、すぐににやりと笑い言った。

「要するに何事も順調であったということか。よろしい。次は大島君」

「はい、私も、新平さんにやり方を習いましたので」

そう言うと、大島も分厚い書類をドスンと机の上に置いた。

「これで報告終わります」

「まあ、二年間、私などはいらなかったか」

「なんとか留守をお守りしました」

「村上君はどうかな」

「はい、書類はありませんが何事もなく」

「何より」

そう言うと、児玉はにやりともう一度笑った。

「戦争の話を聞きたいのか」

「はい」

三人が口をそろえてうなずく。

「戦争の話はない。何しろ首相が桂だ。ここにいた人物である。当然に台湾のことはよく知っている。自分がうまく治めきらなかったのに、台湾から援軍は、物資は、と言う。あるはずがないとして途中で連絡し、それでも少々食料を送ってもらったが、そんな物では何ともなるものではない」

児玉は、行儀悪く机の上に両足を載せると、飴玉を出して口にほおばった。

「旅順も奉天も、活躍したのは乃木だ。私の盟友であり、そして私の前にここの総督だったからわかるであろう。彼は真面目で、命令は絶対に守る。それも不器用なほど同じことを繰り返す。軍事的なところで不器用ではあったが、あの真面目さと命令への忠実さがあったから、旅順要塞を落とせたと私は思う。いや、乃木でなければ旅順を落とすことはできなかった。何か被害が大きくなって違うことをしたり、変な策を使ったりして、かえって大きな損害が出ていたに違いない。それを怖がらず正面から攻撃する乃木は、ある意味で天才なんだよ。君たちはよくわかるであろう。まあ、戦争の話はそんなものだ」

児玉はそう言うと、話題を変えてしまった。

「ところで村上君。どうするのかな」

後藤も大島もいる前で、児玉は、そのまま村上平蔵の話に移った。

「どうすると言いますと」

「辞めると言っていた話だ」

「はい、お約束通り」

村上は、三人に向かって頭を下げた。後藤も大島も事前に知っていたのか、あるいは知らされていなくても、なんとなくその雰囲気を察していたのか、村上の言葉に驚いた表情はなかった。

「で、私の養女との間の祝言はどうする」

「はい、お受けいたします」

「よし」

児玉は、立ち上がると手を打って喜んだ。

「後藤君、私的なことで悪いが、祝言の用意をしてくれるか。いや、秘書がいなくなってしまうから新平にやってもらうしかないんだよ」

「喜んで。それに、私の内政も篇祥雲殿に手伝っていただかなければ、今の成果は得られなかったでしょうから」

後藤新平は普段のむっつりした難しい表情ではなく、後藤でもこんな表情をするのかというような、にっこりと笑顔を作って言った。

「大島君も頼むよ」

「抗日運動もなくなり平和になって、仕事が少なくなりましたから、喜んでお手伝いしますよ。これで海野君の事件がやっと終わるんですよ」

大島は、平蔵が知る限り、最もよい笑顔で言った。大島はいつも喜怒哀楽がはっきりしているから、笑顔を見るのもそんなに珍しいことはなかったが、それでも、この時の笑顔は、特別だった。

「よし、日時と場所が決まったら、後藤と大島は報告に来るように」

「もちろんです。仕事よりも先にやりますよ、源さん」

後藤は右手を軽く上げると、軍隊式の敬礼をして出て行った。

「本当は、明るくて楽しいやつなんだよ」

児玉は楽しそうに言うと、また深く腰掛けるように座り直して腕を組んだ。いや、考え事をしているのではなく、そのまま居眠りを始めたのであった。

第四章　情報と愛情

1　五代総督佐久間左馬太《さくまさまた》

台湾の総督で、それまでに最も愛された児玉源太郎が死んだという報せが台湾に届いたのは、明治三九年七月二四日のことであった。この年の四月まで総督として台湾にいて、元気に「饗老会」をやったり、市中を見回りに出たりしていたので、皆信じられなかった。

この日は台湾総督府の前の国旗が半旗になっていた。

四月から就任したばかりの佐久間左馬太総督は、一週間児玉源太郎第四代総督の死を悼み、喪に服するという発表を行った。佐久間総督は、この台湾という地が自分の想像以上に児玉前総督を慕っていて、一種の宗教のようになっていたということを感じていたのである。

「ごめん、邪魔するぞ」

「いらっしゃいませ」

総督府前の広場を挟んで向かい側、改装した「春風楼」に佐久間が入ってきた。店の中で総督を迎えるのは村上平蔵である。秘書を辞め、児玉源太郎の申し出通り金麗江と祝言を挙げた。春風楼を児玉源太郎から結婚祝いとして無料で譲り受け、その二階を住居にし、一階を店舗として使っていた。簫祥雲がやっていたころと違って、「台湾にしては和食のおいしい食堂」という評判の店で、台湾料理と和食の二つの料理がメインとなっていた。もちろん、麗江の美貌も人気の一つであった。

「児玉総督が亡くなった」

「はい、先ほど大島局長が教えてくださりました」

店の厨房には、三枚の写真が飾られていた。一つは村上の家族の写真、もう一つは日本の天皇陛下の御真影、そして、親代わりとも思える児玉源太郎の写真である。佐久間は村上に言ったことはないが、児玉の写真があることは初めて来た時から知っていた。

「村上君には、さまざまな思いがあろう。東京に行くかね。行くならば手続きを取るが」

佐久間は、村上に気を使って言った。よく考えれば、後藤新平民政局長以下、多くが参列する。その時に秘書をやっていた村上を一緒に行かせることくらいは何の問題もない。

「いえ、お断りします」

村上の答えは意外なものであった。

「葬儀には行かないのか」

「はい、児玉総督は私が東京に行くことを望んでいないような気がします」

「ほう、なぜかな」

「私はまだ教えを乞うことも少なくありません。しかし、やっと軌道に乗ってきた春風楼をこのままにして東京に行くと、児玉総督に怒られるような気がします。もう少しこの地が落ち着いて、それから児玉総督の墓参りに、台湾の様子を報告に行くべきかと思うのです」

「なるほど。それも一つだな」

佐久間はそれ以上、何も言わなかった。葬儀に出なくても二人の間には深いつながりが、総督と秘書であり、「養子に入れた娘とその婿」という関係以上に深い話があるのではないか。

「総督、こちらにいましたか」

入ってきたのは、後藤新平である。

「ここは、総督室でも会議室でもないぞ」

後藤の後ろには、民政局の役人が数名立っていた。これから会議でも行うつもりか、腕には皆、書類が山のように抱えられていた。

「いえ、結構ですよ。お茶ぐらいはお出ししますから」

村上は笑顔でそう答えた。

「村上君、そう言わないでくれ。ここには休みに来ているのだ」

佐久間は、先ほど注文して出てきた護摩団子を口の中に入れながら後藤を招き入れた。

「村上君も、まさかこんなに食堂のオヤジが板につくとは思わなかったね。でも、麗江とは似合いの夫婦だよ。やはりもう一人子供を作りなさい。ああ、私も、こいつらも皆護摩団子ね」

後藤は、村上の子供のこと、要するに与兵衛にまつわることは全く触れずに、そのようなことを言って場を和ませた。後藤新平は、同じ総督府の中にいると気難しい人であったが、しかし、このように外部から接してみると、なかなかさばけた明るい人物であった。今は亡き児玉源太郎が惚れ込んで、台湾に連れてきた気持ちもよくわかる。

「さて何かな」

「日本への米の輸出の件ですが……」

後藤は、昔総督室にいた時のように、協議をその場で始めたのである。村上はそっと外に出ると、表の看板を「準備中」に変えた。

2 大島久満次の苦悩

「最近、警察内でも対立が多くて」

大島が春風楼に来て愚痴を言っている。春風楼は当然に夜も営業をしており、酒も中国酒と日本酒をそろえて出している。大島は、昼にここに来ることは少なかったが、たまに、このように酒を飲みながら、村上を話し相手に愚痴を言うことが少なくなかった。

「だいたい、俺とお前くらいだよ。こんな風に樺山総督時代からずっとここにいるのは」

「そうですね。確かに、皆さん本国に戻ったり、あるいは与兵衛のように亡くなったりしています」

「与兵衛のことは言うな。でも、本当にそうだよな」

大島はそう言うと、中国式の杯に、安い中国酒をなみなみと注いで、一気に飲み干した。ザーサイと干した魚、今日はそんなところがつまみであったが、ザーサイも屑のようなものしか残っていない。

「もう少し何か出しましょうか」

「いや、ところで村上君。君たちがまだ若かったころ、集団でいじめられるとか、そういうことはなかったか」

大島は、少し落ち着いた、酒に酔っていない声でそう言った。先ほどまでは酔った感じであった。いや、わざと酒によって忘れようとしているように見えた。村上は、それだけにあえて酒を勧めたのだ。しかし、大島は「いや」と断ってから、酒に酔うのをやめて、よほど深刻なのか、村上に相談するように尋ねてきたのである。

「私が軍にいた時は、警察も軍も日本人しかいませんでしたし、また、抗日反乱も多く、緊張感がありました。内部で対立したり、派閥争いをしている余裕などはありませんでしたね。まあ、秘書課に行ってからはそんな相手もいなくなりましたが」

村上は、大島の様子を見て真面目に答えた。

「そうか。今は、君がいた時よりもはるかに平和になったということか。しかし、平和がかえって次の事件を生むようになる。それが問題だ」

「昔と違って、警察も総督府も台湾の人が増えましたから、文化も何も違うのでかえって大変になりますね」

「君たち夫婦のように仲良くやってくれればよいがな」

「うちの夫婦は、もう争い事で大事な人や物を失うことは嫌なので……」

村上は、それ以上は口を濁した。この場にいなくても、階上に妻の麗江がいる。聞こえたらと思うとあまり大声では話すことができなかった。

数日後、大島が、昼の時間帯にもかかわらず、駆け込んできた。

「すまぬ、力を貸してくれないか」

「大島局長、力を貸すも貸さないも、どうしたんですか」

「北埔《ほっぽ》で反乱が起きた」

北埔とは、現在もある台中地区新竹の東側の山間にある郷で、農業、特にお茶の栽培などで栄えている場所である。新竹の東側「竹東」地区からこの「北埔」までが、台湾の客家といわれる先住民、それも古くに本土から移り住んできた「本当の漢民族」の住んでいる場所である。

もともとこの地区の警官であり、大島の部下であった蔡清琳《ちゃいせいりん》は、「統治理念の違い」を理由に警察官を辞職する。しかし、大島は日本人の差別と台湾人の被害妄想、そして客家の人々のプライドの高さがあったのではないかと推測していた。特に数日前に村上に相談したかったのは、客家の人々のプライドの高さとそれに対応する統治の方法であった。簫祥雲など客家に連絡がつくのは村上しかいないと思い、大島は相談するつもりで行ったが、しかし、麗江のことなどが気になってなかなか口に出せなかったのである。

さて、蔡清琳は、この地区の客家および台湾原住民である賽夏族《さいかぞく》の者たちに対して「間もなく清の大軍が新竹に上陸するので、日本人を追い出して清国を迎え入れよう」ということを言って騙したのである。元警察官であったため、「総督府がそういう情報を持っているのか」というような感じで、そのまま信じられてしまったのである。

明治四〇年一一月一四日、蔡清琳は群集を煽動して暴動を起こし、日本人警察官などを殺害した。この時に蔡清琳は、「日本人巡査の剣を奪えば賞金二〇元」などと高額な報酬を約束し、警察官時代の自分の私怨を晴らすことをしている。このことによって殺された日本人は五七名、特に学校帰りの子供五人が殺されてしまった。北埔の山間には、今もその事件の記念碑が五人の子供の殺害された場所に残されているのである。

「北埔で反乱が」

「百人を超える反乱軍で、日本人が殺されているらしい。なるべく客家の人を殺したくない。麗江に来てもらって説得できないかと思う」

「麗江にですか」

村上平蔵は、躊躇した。与兵衛のこともまだ記憶にある。与吉はすくすく育っているが、いろいろと多感な時期だ。そんな時期に母一人出させるのはいかがなものか。

「大島さん、その件に関しましては……」

「行きます」

村上が断ろうとした時に、後ろから麗江が割って入った。夜の時間帯は、自分から客前に出てきたり、あるいは、日本人の相手をしないようにしている麗江であるが、ただならぬ雰囲気を察して店のほうに来ていたのである。

「麗江」

平蔵は、麗江をいたわりながらも止めようとした。

「いいえ、行きます。北埔は私の故郷。そこの人たちが、反乱を起こすはずがありません。反乱を起こしたのは、父の説得がうまくいかなかったから。それは、私の罪でもあります。平蔵さん、行かせてください」

「私からも頼む」

大島もその場で頭を下げた。

「わかりました。私も同行してよろしいでしょうか。与吉を誰かに預かってもらえるならば、それで」

「与吉ならば私が預かるよ」

店に入ってきたのは、ほかならぬ佐久間総督であった。

「大島君がいないと聞いて、たぶんここにいると思って来てみれば、こんなところでお茶

を飲んでいるとは。事の次第はわかった。私が責任をもって与吉を預かろう。君たちは家族以上のつながりだからね。大島君、村上君、これでよいかな」

「はい」

「それと、村上君には銃の携帯を許可する。麗江さんにも緊急の場合は法の許可を与える。しかし、大島、その銃は使わせないように細心の注意を払ってくれたまえ。よいな」

「はい。了解しました」

大島は、佐久間総督に向かって思い切り敬礼した。

「それと、できればこういう時のために、次からはここに料理人を置いてくれたまえ。明日の私の昼飯が困るからな」

佐久間はそう言うと、二人を送り出したのである。

3　北埔事件

「昔と変わらないな」

台北から新竹まで南下し、その上で、北埔まで竹東地区から山の中の一本道を抜けていかなければならない。一応舗装されていたが、あまり補修はされていないのか、かなりデコボコができていた。

北埔の山道の途中、少し開けたところに日本軍が宿営していた。宿営所には屋根の付いたテントがあり、その中に大島と村上、そして麗江は案内された。

「お父さん」

テントの中には、体中血だらけで苦しんでいる人物が横たえられていた。

「麗江か」

「どうなんだ」

大島はすぐに横にいる医者に容態を聞いた。

「命に別状はありませんが、傷が深くて」

「命に別条がないならばよい。感染症などにならないように、よく消毒しなさい。もしも薬がないならば台北から取り寄せる」

「はい」

医者はすぐに部下や看護士に命じて手配を行った。

「お父さん、どうしたの」

麗江は美しい顔を泣きはらしながら、その場に跪いて簫祥雲のところに駆け寄った。

「いや、しくじった」

「何があったの」

「少し前から若者たちが何か動いていた。まさか、また与兵衛を殺してしまった時のように反乱を起こすのではないかと思って注意していた。その時、李金福に相談に行ったんだ。しかし、金福も蔡清琳の側にいたんだ。そのまま金福の家に拘束され、なんとか逃げ出したが、後ろから撃たれた。私としたことがこの通りだ」

簫祥雲は、血だらけの姿を見せた。右の脛と左の肩を撃ち抜かれている。二か所も撃たれてよく無事でいられるものである、と平蔵は思った。しかし、無事でよかったと泣き崩れている麗江の前で、そんなことは言えるはずもない。

「祥雲殿は、どこで救助したのか」

「はい、ここから少し先の茂みの中です。肩の傷はかなり深いのですが、それ以上にひどく見えるのは、藪の中を隠れながら進んだ時の雑木の枝などの傷であると思われます」

警察局長である大島の質問に、警備に当たっている兵が遠慮なく大声で答えた。

「なるほど、まあ、生傷というやつか」

「はい、あっ、いえ、基本的には銃創以外は生傷というよりは擦り傷というもので」

「うるさい」

簫祥雲が叫んだ。心配して泣いている娘の前で「ただの擦り傷」と言われてちょっと恥ずかしくなった。

「義父殿、それだけ大声が出せれば問題はありませんね」

平蔵は笑顔で言うと、まだ涙で頬を濡らしている麗江の肩を抱いた。すっかりと普通の夫婦である。

「お父さん。心配させないでよ」

「娘に心配されるのも、そんなに悪いもんではないのお」

「ところで祥雲殿」

大島が、横になっている祥雲の側に地面に胡坐をかいて座った。その横には大島の付き人がメモを持ってしゃがむ。

「その李金福と蔡清琳について詳しく教えてくれませんか」

「金福は、姜発と私と共に、新竹であの時抗日軍を指揮した仲間だ。姜は、その後毒を飲んで死んだ。私は、日本の総督府と和解した。しかし金福は、そのままこの北埔にこもって田舎暮らしをしていたのだ」

それから、祥雲は知る限りのことを話した。李金福が武器を隠し持っていたこと、姜発の遺族たちは、姜発が自殺したのは日本に責任があるとして怒っていること、そして、警察内でいじめがあり、蔡清琳が日本の警察に恨みを持って辞めたことなどである。

「反乱の主力は賽夏族じゃ。北埔の人々は半分以上、私が説得した。私と李金福の力比べのようになったんじゃ。賽夏族を説得すればこの反乱は収まる」

「祥雲殿、どうやって説得すればよいでしょう」

「蔡清琳は賽夏族に対して、もうじき清国が新竹に上陸して日本軍を追い払う、日本人を殺したら報奨金をもらえると嘘を言い、特に警察官を殺せば二〇元などと法外なことを言って騙している。その嘘を明かせばよい」

「そうですか。ありがとうございます」

大島はそう言うと、すぐに数名の人を呼んだ。

「できれば台湾人のほうがよい。紙をたくさん持ってまいれ」

そのように指揮すると、すぐに麗江のほうに向かって言った。

「麗江殿、お願いがございます」

「なんでもやります。敵の中でも……」

大島は、麗江がその真剣な目で敵に飛び込むと言うので、さすがに笑い出してしまった。

「いやいや、麗江殿を反乱軍の中に追い立てたら、私が平蔵に殺されます。もう少し長く生きていたいのでそんなことはしません。そうではなく、賽夏族の言葉はお分かりではないでしょうか」

「小さいころの友達は賽夏族の人が多かったので、客家の言葉も、清国の言葉も、そして賽夏族の言葉も全てわかりますが」

「その賽夏族の言葉、それも、彼らがなるべく普段使っている言葉で、『清国は来ない・報奨金もない』と書いていただけませぬか」

「はい、説得する文章ですね。それならば賽夏族の若者が使っている言葉で」

麗江はすぐに筆を持つと、さらさらと文章を書いた。

「清国は来ない・報奨金は出ない・蔡清琳に騙されている・今なら殺されないで助かる」

こう書いた。

「漢詩の五言絶句調ですか」

大島はまたそれを見て笑い出してしまった。こんな時にも五言絶句とか出てくる。清国の漢文文化はなかなか抜けるものではない。しかし、逆にある意味で、清国の言葉と漢詩の文体を使ったほうがよいのかもしれない。

「祥雲殿、いかがですか」

「なかなかよいと思いますよ」

「誰か、これの写しを大量に作れ。明日の朝までできる限り、手の空いている者は全員書くように」

「はい」

はたして翌朝、大島の率いる警察隊は盾を前にしながら、紙を丸めて投げた。また、弓矢に文をつけて撃ったり、あるいは石に紙を巻き付けて投げるなど、さまざま手段を用いて五言絶句を書いた紙を北埔の町の中に投げ入れたのである。

しばらくして、町の中で大きな声が上がった。

「おーい、撃つな」

賽夏族の頭目趙明政《ちょうみんせい》が、町の中から武器も持たずに出てきたのである。

「撃つな。麗江殿、一緒によろしいですか」

大島は麗江を伴って趙明政と会談した。麗江が通訳である。日本語教育をしていても、まだこのような少数民族には、言語が不自由な者が少なくなかった。当時は、日本人は国民小学校、台湾人は国民公学校、そして少数民族は蛮族公学校であり、基礎的な日本語しか教えていなかったのである。

「今ならば助かるというのは、本当か」

「ああ、私が約束する」

「我々賽夏族は、騙されていた。だから、蔡清琳は我々が殺した。助けてくれるなら、首を渡す」

たどたどしい日本語と賽夏族の言葉で趙明政はそのように説明した。

「助かるというのは、このまま帰るということか。私たちは死刑にはしない、しかし事件だから、取り調べには協力してもらわなければならない」

「協力はする。元の生活に戻してほしい」

「わかった。その代わり、特に悪いことをした人、私利私欲のために蔡清琳を利用した人を出せ。その人は死刑にする。それ以外は、取り調べの後町に返す」

「わかった」

大島は、腰につけたサーベルを約束の証として渡した。少数民族はそのような「証」が最も重要であった。

取り調べという名の逮捕者は一〇〇名を超えた。そして、蔡清琳ほか首謀者九人が死刑になった。蔡清琳はすでに死んでいたが、死刑になったことによって、彼を殺した者は不問に付されるかたちになったのである。本来であれば、趙明政も首謀者の一人であったが、大島はその約束を守り、死んだことにして町に返したのである。趙明政は街に戻る時に、大島を訪ねサーベルを返そうとしたが、大島は受け取らず、代わりに隠居資金として多額の金銭と感謝状を趙に手渡した。

「祥雲、やはりお前が一番正しかったな」

李金福は、囚人服を着てそのように言った。彼は首謀者の一人として武器を隠し持ち、蔡清琳とともに反乱を起こした罪で死刑になったのである。

「金福、まさか君が首謀者になるとは。今からでも総督に……」

祥雲は、撃ち抜かれた足が結局悪化し、右足の膝から下を切断していたのである。

「いや、死刑でいいのだ。いや、死刑のほうがよい。日本に最後まで反乱して、反抗して、そして敵の手に落ちて死ぬ。それでいいではないか。お前のように足をなくしてまで生きていたくはない」

「金福。君とは長い間、友人であった。君は私を殺さなかった。でも私は君を助けることができない」

「いや、助けることができたとしても、助けられたくはないのだ。君の足とともに先に姜さんのところに行くよ。君は生きて、日本がこの台湾を、私たちの国をどのようにするか、見届けてくれ」

李金福は、それから一か月後、刑場の露と消えた。

こうして、「北埔事件」と世にいわれる大規模な反乱事件が幕を閉じたのである。

4　歌人下村宏民政局長

時は移り、佐久間佐馬太総督に代わって安東貞美《あんどうさだよし》が総督になったのは、明治天皇が崩御し、時代が「大正」となって四年経過した五月一日であった。

このころには総督府にも、村上が総督府にいたころのことを知っている人はほとんどいなくなっていた。後藤新平は、佐久間左馬太総督の時代に日本に戻り、その後南満州鉄道株式会社の総裁として、満州の地で活躍していた。また、第二代総督の桂太郎が創始者となった拓殖大学の学長となり、関東大震災の時には、内務大臣兼帝都復興院総裁として震災復興計画を立案した。昭和四年に後藤新平が亡くなる直前の言葉が「よく聞け、金を残して死ぬ者は下だ。仕事を残して死ぬ者は中だ。人を残して死ぬ者は上だ。よく覚えておけ」であったと、三島通陽《みしまみちはる》が言い残している。

その後を受けて台湾総督府の民政局長になった祝《いわい》辰巳《たつみ》は、予算のプロフェッショナルであったが在職中に亡くなってしまう。そして、次に民政局長になったのが大島久満次であった。しかし、その大島も、後藤と台湾総督府でさまざまな確執があった。そのために、後藤新平が第二次桂内閣の逓信《ていしん》大臣として入閣すると、その内閣で民政局長の更迭が発表される。こうして大島も日本に戻ってしまったのだ。

「あの二人、そんなに仲が悪かったかなあ」

「私たちの祝言の時は、仲よさそうでしたよ」

「そうだったよなあ」

「大島さんはいい人でした。父を救ってくれたのも大島さんでしたし、あのような厳しくても人情のある人がいたからまとまっていたのに」

「まあ、それとは別に本国には政治的なほかの考えもあるんだよ」

村上与吉もすでに大きくなっていた。もう一七歳になる。来年は大学の受験のために日本の本土に行くという。平蔵と麗江の間には、あと二人子供ができていた。その二人も、もう「小学校」を卒業している。村上が日本人であったので、「日本人扱い」であった。子供たちも店を手伝うようになっていた。また、店には従業員も入って、なかなか繁盛していたのである。もちろん、簫祥雲が客家の人脈を使ってさまざまに支援してくれていることはいうまでもない。

「で、今の安東総督と下村民政局長はどんな人なんですか」

麗江は聞いた。気になっているのは麗江ではなく、身体が動かなくなっても相変わらず陰謀家の義父のようだ。

「安東総督は、知らないか。児玉源太郎総督の時に台湾守備隊の隊長をしていた方だよ。正確には第二守備混成旅団長だったかな」

「あの時の」

「麗江とは戦っていないよ。第二守備隊は台南のほうに行っていたから」

平蔵は慌てて取り繕った。本当は、児玉源太郎や大島久満次と一緒に台北から台中・新竹に攻め入った軍隊の指揮官こそ、安東貞美なのである。

「そうなの。民政局長は？」

「下村宏さん。なんだかあまりよくわからないんだけど、どうもお父様は和歌山日日新聞という新聞社の社長さんらしい。本人は逓信省で郵便貯金をやっていたらしいよ」

「なんだか堅い人みたいね」

「それがそうでもなくて、本当は歌人なんだって」

「カジンって何？」

麗江は台湾人なので、中国流にいう詩人はわかるが、日本の和歌とか歌人という単語はわからないようである。

「そうか、ずっと台湾にいる麗江にはわからないかな。和歌っていって、日本語を五・七・五・七・七の三一文字でさまざまなことを表すんだ。その和歌を作る人が歌人なんだよ。なんでも下村民政局長は日本でも有名な歌人佐佐木信綱《ささきのぶつな》主宰の竹柏会《ちくはくかい》に入会していて、雑誌に自分の和歌を出しているそうだ」

「面白そうな人ね」

そんな時である。店に一人の客が入ってきた。初めての客である。

「ここが春風楼か、噂には聞いていたが」

「いらっしゃいませ」

「君が村上君かね」

「はい」

「大島久満次君から聞いているが、君はあの北埔事件を解決したということだが」

「いえ、そんなことはありません。あれは大島局長が解決した事件でございます」

「謙遜はよい。また大きな事件が起きたので、ぜひ協力してもらいたい」

「協力と言われましても」

二階からドンドンと音がして人が下りてきた。

「西来庵のことかの」

「お父さん」

麗江がすぐに階段のほうに向かったが、それよりも先に次男の平吉が駆け寄っていた。歳の割には体格がよいので、少し年老いて痩せてきた簫祥雲のことを支えることなどは、全く問題なかった。

「あなたは」

「簫祥雲と申します」

「私は下村宏。総督府の民政局長をしております。ところでなぜ、西来庵のことをご存知ですか」

「私は客家ですから、情報だけは持っております。ごらんの通り、北埔事件の時に撃たれて動くことはできませんが」

祥雲は、近くの椅子に座った。下村はその近くに座る。

「祥雲殿、麗江殿、そして村上平蔵君のことは、総督府でさまざまに聞いております。もちろん悪いことはありません」

「嘘を言いなさんな。情報はあると申しておるじゃろ」

実は、総督府では村上に対する妬みのような話も少なくなかった。春風楼は実際に佐久間佐馬太総督や大島久満次民政局長が通った店で、普通の総督府の職員には敷居が高かった。それだけにさまざまな噂が飛んでいたのである。

「申し訳ない。噂があったので、足が遠のいておりました。しかし、このような事件が起きると、やはりここを頼るしかないと」

「誰が」

「日本の大島さんです」

下村は、真面目に、そして柔らかい雰囲気でそのように言った。

「正直でよろしい。では協力しましょうか」

今回も麗江が同行することを下村は希望した。しかし、安東総督が第二旅団長であったこと、そして、海野与兵衛のことを話し、その上で、麗江が台南まで行くことは今回は丁寧に断ったのである。

「そういうことがあったのですか、わかりました。では、逐一私がここに来てご助言を賜ります」

下村は寂しそうに帰って行った。

大正四年、台南庁タパニーで発生した台湾の人の最後の抗日武装蜂起事件である「西来庵《せいらいあん》事件」は、やはり警察官であった首謀者の余清芳《よせいほう》が「五福王爺」をまつる宗教施設、西来庵を根拠地に抗日運動を行った事件である。日本人九五人が犠牲になり、その後首謀者や反乱軍が山間部に逃げ込んでゲリラ戦をしたために、鎮圧までに一〇か月もの時間がかかったのである。逮捕者は二〇〇〇人近く、死刑囚が九七人も出た事件である。

一〇か月もかかったのは、一つは台南の少数民族者が多く入ったこと、山間部のゲリラ戦であったために相手の正体をなかなか掴めなかったこと、そして、簫祥雲が全面的に協力しなかったことなどが原因であった。

「やはり、ここに通ってさまざまな情報をもらわないと」

下村はそのように言うと、安東とともに春風楼に通うようになったのである。

5　風采の上がらぬ男

「台湾に来たら、ここに来て話を聞かないといけないと言われまして」

風采の上がらない、服装もどちらかといえばだらしがない感じの男が入ってきた。

「いらっしゃいませ」

村上は、普通の客と同じように対応した。しかし、午後二時過ぎ、こんな時間にひょっこり現れるのは、総督府でも部長以外はない。服が似合っていないというのではない。しかし、部長以上が、浮浪者が着ているような埃っぽい服に、ズボンからはシャツが半分出ているような、だらしがない姿をしているはずがない。

「おまえが村上君か」

少しギョロッとした目に、またなんでも聞き取りそうな大きな耳。顔は目立つというよりは、「異様」とか「異形」という感じの印象がある。よほど修羅場をくぐってきたのか、こちらの雰囲気には全く動じないで、奥の角の席に座った。

「何にいたしましょう」

「この格好で来ているのに、何の反応もしないというのは、お前もなかなか狸だね」

「お褒め頂きありがとうございます」

「とりあえず、棒棒鶏と春巻き、それに紹興酒をくれるか」

「酒ですか、この時間から」

「この店は出さないのか」

「いいえ、店ですからお客様の要望にはお応えしますが、昼からお酒を頼まれるお客様には、一応お聞きするようにしております」

その客は、いきなり笑い始めた。その笑いは屈託のない、何ともいえない魅力のある無防備な笑い声であった。

「気に入った。村上平蔵君、お前は飲めるのか。客の要望だが」

「夜も店がありますので、差し支えない程度であればご一緒いたします」

「よし」

そう言うと、その客はいきなり流暢な台湾語で厨房のほうに自分で注文を言い始めたのである。厨房の台湾人は、驚いたのか、慌てて料理を始め、そしてザーサイと紹興酒を持ってきた。

「さあ、飲もう」

その時に二階から簫祥雲が下りてきた。足が悪いので、いつも大きな音を立てて歩くため、すぐにわかる。その音を聞いた瞬間に、その男は台湾語で、紹興酒のためのグラスをもう一つ奥に注文した。その台湾語はあまりにも美しく、もう二〇年も台湾にいる村上でさえ全く発音できないような音であった。

「簫祥雲殿ですな」

「貴殿はどなたかな。美しい台湾語であったので、友人かと思えば日本人のようですが」

「申し遅れました。新しく台湾総督になった明石《あかし》元次郎《もとじろう》といいます」

「明石元次郎といえば、日露戦争で欧州に駐在し、ロシアに革命を起こさせた……」

「やめてくだされ。まあ、その時の癖でいつもこんなだらしがない恰好でふらふらする方が性分に合うようになってしまった。しかし、実力はそうでもない。そこで、村上さんや祥雲殿のお力を借りようと思ってこうして来ているわけで」

祥雲はその言葉に身構えた。もちろん、何か襲ってくるような話ではない。しかし、相手は日露戦争での英雄の一人、そして、あの大国ロシアを内部から崩壊させるくらいの力の持ち主である。台湾などは、この目の前の風采の上がらない男が本気になれば、ひとたまりもない。

「何か、ご用命ですか」

祥雲が警戒しながら聞くと、明石は、また大声で笑い始めた。

「いやいや、そんなに警戒しなさるな、祥雲殿。敵国ロシアならば工作もしますが、ここは日本。これから日本の本土を超えて日本を助けてくれる場所でしょう。そこに工作なんかはしませんよ」

そう言うと、明石は自ら平蔵と祥雲のグラスに紹興酒の酌をした。

「さあ飲みましょう。何かを頼んだり頼まれたりするのは、友達だから。友達になるためには、当然に、酒を飲まなければならない。違いますか祥雲殿、平蔵君」

そう言うと明石は一気に酒を飲み干した。祥雲も平蔵も、つられて飲み干す。すでに明石の手には紹興酒のビンが握られていて、机にグラスを置く前に、なみなみと紹興酒が注がれている。

「今日は何も頼むことはありません。次に頼みに来る時に、おいしい酒とつまみがあるか、味見に来たんですよ」

「明石総督、そうやってレーニンを口説いたのですか」

平蔵は聞きたいことを口にした。いつの間にか、そのようなことを聞いてもよい雰囲気に感じてしまった。そのような雰囲気を明石という男は持っている。

「まず『総督』というのはやめてくれ。それに平蔵さんは、俺が工作してロシア革命が起きたと思っているのかな」

「はい、またそのように聞いております」

「おいおい、噂というのは恐いねえ。俺は革命をそそのかしたり、ロシア人に革命をさせるようなことはしないよ。ただこうやって毎日毎日酒を飲んでいただけ。そうしたら勝手にあいつらが革命を起こす。俺みたいな力のない人を頼ってロマノフ王朝を倒すことはできないと感じたのであろう。自然と自分で立ち上がって壊したんだよ」

「なんと」

祥雲が声を上げた。平蔵はあっけにとられて何も言い返せない。また、にわかに信じられるような話でもない。酒を飲んでいただけで頼りにならないから、見限って革命を起こす。

そんなはずはないのである。

「まあ、そのうち話すことがあるだろう。あとから民政局の下村君も来るから、それまではここでゆっくり飲むようにしよう」

明石は、そう言うと、流暢な台湾語で、奥に直接紹興酒を頼んだ。そして厨房まで歩いていくと、食材を指さしてさまざまに料理を注文したのである。

これが、明石元次郎第七代総督と簫祥雲、そして村上平蔵の初めての出会いであった。

6　明石元次郎が好かれる理由

それから毎日、明石元次郎は酒を飲みに来た。そのうち妻の麗江も一緒に飲むようになって、いつも家族が一人増えたように酒を飲んだ。祥雲も明石元次郎が来ている時は上機嫌で二階から下りてきて、さまざまな話をするようになった。

明石は決してメモを取ったり、記録を残したりはしない。全て記憶しているのか、あるいは店を出てから記録をつけているのであろう。一度話した内容は全て記憶していた。人の名前や顔を覚えるのも得意で、一度会った人は皆覚えていた。隣の席の客とも気さくに話し、肩を組んで台湾語で歌を歌ったりもする。なんともすごい人物であった。

ある日、祥雲が連れてきた客家の友達が一緒に来た。なんでも、頼み事があるという。

「ほう、祥雲殿。こっちが頼む前にそっちから頼み事とは、うれしいねえ」

明石は心から喜んで祥雲の友達の話を聞いた。内容は、その人の息子が悪い仲間と付き合っていて、その悪い仲間が盗みを行ったのだが、その後一緒にいる時に、その息子は無実なのに警察に捕まったというのである。

「あなたの息子は…えっ、一八歳、まだこれからではないか。それはよくないなあ。まあ、裁判で真実が明らかになるのだろうが、それでは遅いであろう。そういう事をするから日本の評判が落ちるのである」

話を聞き終わったのは夕方である。明石はいきなり立ち上がると、

「祥雲殿、ちょっと申し訳ないが一緒に来てくれるかな。そのご友人の方も、そして平蔵君も来てくれるとありがたいが」

と言って、少し酔ったまま外にある車に乗り込んだ。

「はい」

祥雲も平蔵も、すぐに車に乗り込んだ。車はまっすぐに台北刑務所に向かったのである。

「所長はいるか」

「誰だ」

「総督の明石である」

「はっ」

所長はまさか総督が突然来るとは思ってもいなかったので、慌てて敬礼をして迎える。

「この方の息子をすぐに連れてこい」

「はい」

「総督である俺が直々に取り調べを行う。すぐに電話で警察局の湯地《ゆち》局長に連絡を取り、許可を得るか、彼自身がここに来るように伝えてくれ」

「はっ」

目の前に、一八歳のまだ幼さが顔に残った少年が出てきた。

「まず君の犯罪の話ではなく、この刑務所のことを一つ聞くが、何歳くらいの人が多いのかな」

「よくわからないけど、二十四、五の人が多いです」

「君が若い人の房にいるからではないか」

「いえ、昼休みなどの時もその年代ばかりです」

「なるほど。ところで、君は何もしていないのにここに入っていると、君の父は言っているが」

「はい。オジサン、助けてくれるんですか」

「それはわからん。君次第だ。二つの考え方がある。無実なのに犯罪者の中にいれば、君も悪いことを覚えてしまう。それはよくないことだ。一方、君だけ一人ここを出ることができれば、一緒に連れてこられた君の友人は、君を裏切ったと思う。そうすれば君たちの友情が崩れる。どちらがよいか」

明石は、いきなり難しい質問をした。少年の父親も、また祥雲も、固唾を飲んで聞いていた。

「君自身が選択しなさい。ただし、物を盗んだということは悪いことだ。全員を出してあげることはできない。悪いことをしたら罪を償わなければならない。しかし、していない人までこんなところにいる必要はない。どうする」

「オジサン」

少し悩んだ幼い顔は、目を輝かせながら明石のほうに向いた。少年は目の前にいる人物が台湾総督であることは、全くわかっていない。

「知らないオジサンにそんなことを言われてもよくわからないけど、一つ言えることは、日本が正しい国ならば、間違えてここに入ってもすぐに出られる。だから、今は友情を裏切りたくはないんです。出してもらえそうなのはありがたいけれども、それならば、裁判の時にしっかりと話を聞いてくれるように言ってほしいな」

「よしわかった」

明石は取調室を出ると、まずは祥雲と父親に頭を下げた。

「二四、五の受刑者が多いということは、日本になってからまだ至らないことがあって、犯罪に走ってしまうということ。それだけ日本は台湾によい政治をしていないということだ。まことに申し訳ないことです」

いきなり謝ったのである。

「総督」

驚いたのは村上平蔵である。犯罪者が多いのは総督の責任だ、そう言ったのと等しい。

「所長」

「はい。今、湯地警察局長も到着いたしました」

「日本統治以降の犯罪者で、凶悪、要するに人殺しとか反乱以外の受刑者、全て釈放せよ」

「えええええええ」

さすがに驚いたのは、湯地である。

「総督、そんなことをしたらまた犯罪が増えます」

「それならばまた捕まえればよい。いや、そうではない。今日釈放しなくてもよいが、近々、明日か明後日、道徳教育を施したのちに釈放する総督令を出す。その準備にかかれ。ここにいる若者をこのままここに入れておいては、大日本帝国の統治が間違えていたということになり、われら総督府の恥となる。よいか」

「は、はい」

明石は、すぐに実行した。警察官のほかに警務官を新設し、警察力を増強しながら一方で幅広く恩赦を行った。この時恩赦され釈放された少年たちは、再犯はほとんどしなかったという。

「今度は、こちらから頼みがあるのだが」

明石がひょっこりと春風楼を訪ねてきた。

「なんでございましょう」

「少し一緒に旅をしてもらいたい、祥雲殿も一緒に。店は麗江殿と息子さんたちのお手伝いに任せて、来てはくれぬか」

「私でよろしければ。借りがありますから」

祥雲は二つ返事で引き受けた。刑務所のことは、さすがに祥雲も全く予想しない解決方法であったために、台湾人の間で明石元次郎総督の評判は一気に上がっていたのである。その後も、明石の政策は「台湾を日本の本土以上にする」というようなことで、インフラの整備も、また治安の維持も全て、台湾人が政治を行う以上に台湾人のことを思っての政治が多かった。

その明石が「頼みがある」というのである。祥雲は、平蔵が思っている以上に明石元次郎という男に興味を持っていた。

「平蔵さんは」

「義父さんが行くならば、介護もありますし」

「そうか、悪いねえ。三日くらいになるから少々長旅になるよ」

そう言うと、手提げ荷物一つで、車に乗り込んだ。荷物の少なさなどはさすがに軍人である。

「どちらへ行かれるのですか」

平蔵は車に乗り込んでから明石に聞いた。

「言っていなかったかな。台中だよ」

そう言うと、懐から地図を取り出した。

「これからは電気の時代だ。ヨーロッパなどは全て電気で夜を照らしている。そこで台湾に電気をつけようと思う。ダムという人工の堰を作って湖を作り、そしてその水の勢いで電気を発電するのだ」

「それはすごいですね」

「そこで濁水渓《だくすいけい》が台湾で最も長い川というのでな。その真ん中に人工湖を作ろうと思う」

「しかし、それでは水の底に田畑が沈んでしまいます」

「そこで、君たちに、その説得をしてもらいたい」

「場所は」

「ここだ」

明石は、台中の山の中を指さした。

卲族《さおぞく》は、台湾の中でも最も少ない原住民族である。明石はその卲族の居住区に入った。すでに何回も来ているのか、明石はなぜか大歓迎されたのである。

「おうおう、歓迎ありがとう」

車から大きな箱を持って、明石は卲族の人々の中に近づいた。箱の中には高級な紹興酒が山のように入っていた。

「さて、どうかな、お話は決まったかな」

「我々がこの場を移ることは何の問題もない。こんなに何回も総督自身が説得に来てくれて、我々はうれしい。それも総督は、我々が同意しなければ一切動かなかった。約束を守る総督に感激した」

卲族の族長と思われる人は、そのように言って、明石と肩を組んだ。明石は全く嫌な顔をせず、いや、それどころか明石も卲族ではないかと思うほどの笑顔で、喜んで酒の入った木の筒を空にした。

「それならば、ここに湖を作って台湾の人のために……」

「いや、我々はいいと言っただけだ」

ここからは、簫祥雲が通訳に入った。

なんでも、これから湖にするところの真ん中には山があり、その山の上には卲族の祖霊が眠る聖地があるという。その聖地が水の中に入ってはいけないというのである。

「よし、それならば、その山よりも人工の堰を低くすればよい。祥雲殿、そのように伝えてくれるか」

「わかりました」

祥雲は、邵族に図を書いたり、手でさまざまなものを示したりしながら説明した。

「平蔵君、どうかな」

「なぜこんなに好意的なのですか。自分の家や田畑が水の下に沈むのですよ」

「水の下に沈むことよりも、総督に頭を下げられ、そして、一独立した民族として尊重されることが、彼らにとって重要であったということだろう。まあ、私は酒を飲んでいただけなんだけどね。総督府で買う紹興酒は高級品だから、なかなかおいしいよ」

明石はにっこりしながら、住民の差し出した木の実を炒めた物を口にした。平蔵も食べてみると、木の実そのものは甘い感じであるが油と塩で結構濃い味にできている。

「明石総督」

祥雲がやっと説明を終えたのか、明石のほうに寄ってきた。

「どうかな」

「大丈夫です。ただし、総督が朝まで酒に付き合い、明日一緒に、祖霊に報告に行くことが条件です。私は足が悪いので……」

「わかった。平蔵と俺とで山の上まで行く。そう言ってください」

「ありがとうございます」

朝まで酒宴は続いた。卲族は約束通り、一か月後には全ての家を引き払い、引っ越していった。明石は、まず近くに卲族の居住区を作り、なるべく元の土地に近い感じで家を建て、田畑を整備した。

このようにしてできたダム湖は、現在も台湾の観光名所である日月潭である。そして、卲族が最後までこだわった「祖霊の眠る聖地」が、日月潭《にちげつたん》の真ん中に浮かぶ「拉魯島《らるじま》」である。明石が計画したこのダム湖は、高木友枝《たかぎともえ》率いる台湾電力株式会社が引き継ぎ、昭和九年に完成するのである。拉魯島が残ったこと、そして湖の真ん中に浮かんだことで、ほかの観光客などが入ることができなくなり聖地の安全が守られたと、卲族では明石に感謝したのであった。

7　独白・ロシア革命の真実

「最近、疲れやすくなったなあ」

明石は酒を飲みながらつぶやいた。

「少し飲み過ぎではないですか」

この日は麗江が明石の隣に座った。もちろん、近くに平蔵もいる。

「少々飲み過ぎたかな」

「私には、自分を痛めつけているように見えます。そんなにしなくてもよいのに」

明石はこのころ各部族や各都市を回り、児玉源太郎がやっていた時のように、老人やその郷や部族の長だけでなく、若者の集団とも毎日のように酒を酌み交わしていた。

「俺はあまり優秀じゃないから、酒を飲まないとうまく事が進まないのだよ」

「そんなことはないと思います」

「麗江さん、他人の奥さんにこんなことを言うのはよくないが、まあ、美しい女性だから私の秘密を教えてあげよう」

「なんでしょう」

明石は、多めに入っていた紹興酒を一気に飲み干した。

「俺がヨーロッパにいたころの話だ。当時は日本がロシアと戦争するということで、ヨーロッパは大きな話題になっていた。明治三四年、俺はフランス公使館付き武官となってフランスに渡り、そこで、山県有朋さんから命令を受けてロシア公使館付き武官に転任することになる」

「山県有朋さんですか」

「村上君は、確か長州の出身だったね。ああ、調べてあるよ。村上君の家は毛利家の漕ぎ手頭であったこともね」

明石は、にこりと笑うと、また酒を飲んだ。

「山県さんからは、ロシアの軍の情報を持ってこいということ、そして、ロシアの敵対勢力を作れということが命令であった。でも、そんなものを作れと言われても何をしていいかわからない。そんな時に、俺を助けてくれたのが酒だったんだ」

「酒ですか」

麗江は驚いたように声を上げた。

「そう、酒だ。はじめのうちはどうしてよいかわからないし、ロシアは基本的に敵だ。そこで公使館の中で飲んでいた。しかし、それでは前に進まない。そこで、サンクトペテルブルグの町に出てウォッカを飲むようにしたのだ。その時に日英同盟でイギリス秘密情報部のスパイであるシドニー・ライリーと知り合い、一緒に酒を飲んだ」

「ロシアの首都でイギリス人と酒を飲んだのですか」

「ああ、毎日。毎日飲んでいると、そのうちロシア人の友達もできる。よくよく聞いてみると、ニコライ二世を嫌っている人も少なくなかった。反乱を起こそうとしている人も少なくなかったのだ。そんな時に、フランスとドイツの情報部の連中とも会った。俺がフランス公使館付きをしていた時に知っていたのか、向こうから声をかけてきたんだ。ウォッカなんか飲まないでワインを飲もう、と言って一度フランスの公使館に招かれたんだ」

「やはり酒なんですね」

麗江は呆れたように笑った。

「ワインを飲む会は、フランス人・ドイツ人・ロシア人と私で、行った。ドイツの士官がお前はドイツ語はできるのか、と聞いてきたから、わざと下手なフランス語で、フランスには一年いたからやっと話せるがドイツには行ったことがないからよくわからない、と言ってやったんだ。ドイツの野郎は、ロシアの士官と軍の配置やシベリアへの軍の移送、それにロマノフ王朝への反乱軍への備えやその代表者の名前などを全部ドイツ語で話していたんだ。

「まあ」

「俺は、その時ドイツ語は話すことも書くこともできた。このように耳も大きいからよく聞こえるしな。そこで、ロシアとドイツの軍の機密は全て理解できたんだ。すぐにそれを公使館から送って、その後、反乱軍のアジトに行った。いや、正確にはそのアジトの近くの酒場に行って酒を飲んでいたんだがね」

「それで反乱軍の頭と会えるのですか」

「はじめのうちは向こうも警戒している。しかし、日本とロシアが戦争することは噂で大きくなっていたから、ロシア人の酒場の中に、一人、背の低い日本人がいれば、何もしなくても目立つ。特にその中で大酒を飲んで、陽気に歌を歌い、そして大声で笑っていれば自然と人が近づいてくる。その中に、反乱軍の首長がいたんだよ」

「そうやって接触したんですか」

麗江は呆れたように笑いながら、明石のグラスに酒を注いだ。明石は得意げな自分の自慢話を批判なく聞いてくれる麗江と村上に、ご機嫌であった。

「俺がやっていた諜報活動というのは、敵の中に一人で入っていって、銃や大砲の代わりに言葉と態度を武器に相手の心を攻めるのが仕事。それだけに、『戦功』を全て見届けてくれる人もいないし、目に見えない秘密も多い。その上、場合によっては味方を騙さなければならない時もあるし、味方から裏切ったと思われる時もある。うまくいって当然で、失敗すれば一人で全ての責任を負う。誰も助けてくれない中でやらなければならないのだ。どうしても酒に逃げてしまうし、また、酒で自分を慰めることになる。それは敵の諜報員も同じだ。だからお互い酒を飲む。その時に、心が負けた方が諜報活動では負けなのだよ。俺はたまたま、日露戦争の時に私よりも弱い人間が敵だっただけで、私が強かったわけではない。そんな情けない男なのだよ」

「そんなことはありません」

麗江は、すぐに否定した。

「ほう、何かありそうだね」

「私も私の父も、昔は日本に対抗していました。はじめは、ここ春風楼をもとに日本の人から情報を集めていたのです。でも、いつも自分の心に嘘をついているような気がしてそして、そして最後は……」

「もうよい」

泣き出した麗江に、明石は少し厳しい、それでも暖かい音を響かせた。

「ロシアは強かった。特にロシアの軍は精強であった。当時、まともに戦って日本が勝てるとは到底思えなかった。私は運動も苦手であったから、結局軍隊では役に立たなかった。だから諜報活動で、敵の軍隊を分断することを考えたのだ。そして酒で敵と打ち解けた。そして、その敵の人間を裏切らせた。いや、レーニンもトロツキーも、皆初めから反乱するつもりであった。敵の敵は味方。同じ方向を向いている者は皆味方。中間の奴は酒が味方にしてくれる。そういうものなんだ」

明石はグラスを目の高さに上げて、紹興酒越しに灯りを見た。そして少し揺らして、オレンジ色の影が揺らめくのを見ると、ゆっくり時間をかけて飲み干した。

「総督は、今革命を行っている人々と直接会って革命を起こさせたのですか」

泣いてる麗江に代わって、平蔵が明石に話かけた。

「そうも言えるし、そうでもないとも言える。人の動きというのは、大砲の弾と一緒だ。火薬が詰まって爆発して、そして相手を吹き飛ばす。しかし、普段は爆発などはしない。何かのきっかけで発射の引き金を引くと、弾が飛んでゆく。革命というのは、その大きな大砲の弾だ。大きい弾は狙いもつけにくいし、中心に当たるとは限らない。その代わり破壊力は大きい。そして周囲に与える影響も大きい。あとはその爆発が続くかどうかだ。私は発射まで準備ができている大砲の引き金を引いただけだ。もともとロマノフ王朝に不満はたまっていたし、革命を起こすレーニンやトロツキーにそれだけの力もあった。あとはきっかけがなかった。そのきっかけになっただけなんだよ」

「しかし、きっかけになれる時にきっかけになり、そしてきっかけとしての仕事をすることができるのはやはり、すごいことと思いますが」

「なんだか難しいことを言うな。まあ、いいや。要するに、たまたま、その時にたまたま、俺がその仕事をしていた。軍隊というのは、国を守ることが仕事だ。人がそれぞれ自分の持ち場のことを精いっぱいやる。もちろん、力不足でうまくいかないこともあれば敵の力が勝っていて戦死する場合もある。しかし、そこは組織で助け合う。俺の場合は、あの時その助け合う人がいなかった。もちろん部下はいたし、ロシア人やイギリス人の同志はいた。でも助け合う組織がなかった。その中で、自分の与えられた仕事をしたということだ。そんなに特別に褒められた内容ではない」

明石は、なぜか不敵な微笑みを平蔵のほうに見せて、その後麗江のほうに向かって言った。

「台湾の人の抗日運動も理解する。しかし俺と台湾の人の違いは、俺の場合は、死者が少なくなることを願ったことだ。前線に出る兵が少なくなれば、戦死者は減る。日本兵が多くなれば、敵は戦わずに撤退することもある。勝敗が早く決まれば、それ以上死ななくなる。ある意味で、ロシアの人を助けることにもつながった。またそう思っていた。それに対して、台湾の人は、台湾の人のメンツを重んじ、そして日本人を排除することを願った。もちろん、それも理解する。しかし、それでは死者は減らない。死者が減らなければ、お互いが恨みに思う。そうなれば戦争は永久に続く。それをどこで断ち切るか、それが大きな問題だ」

麗江は何も言わなかった。しかし、言っていることは最もよく理解しているのであろう。小さく、でもしっかりとうなずいた。

「台湾は、俺が日本と同じ、いや日本以上の素晴らしい土地にする。そのために発電を推進し、電気をもってきたし、日本人と台湾人が均等に教育を受けられるよう法を改正した。また、台湾の人が事業をしやすいように銀行も作った。これで戦争をしなくても同じになれるし、また学業や事業で日本人を超えることもできる。それでいいんだ。日本人も台湾人もない、同じなんだよ。君たち夫婦とその子供を見ていると、つくづくそう思う。君たちにはずいぶん教えられた。ありがとう」

明石は、立ち上がった。

「ロシアの革命はどれくらいまで続くのでしょうか」

「やあ、しばらくはいいだろうが続かん。大きな大砲だったが、爆発がどこまで続くかはわからない」

その時、明石はゆらゆらとその場で崩れ落ちた。

「大丈夫ですか」

「ちょっと飲みすぎたかな」

平蔵は慌てて冷たい水を持ってきて、麗江は、明石を引き起こした。酒が強い明石が倒れるなどあり得ないことだった。足についた埃を払うと、明石はしばらくそこにたたずみ、店の中を見回した。

「明日から本国に一度戻る。仕事だ。もし自分の身の上に万一のことがあったら、必ず台湾に葬るように」

「何をおっしゃるのですか、縁起でもない」

「いや、皆に言っていることだ。君たちも覚えておいてくれ。君たちには世話になった、ありがとう」

明石はそう言い残すと、春風楼を後にした。

明石元次郎が春風楼に来たのは、その時が最後であった。翌日、本土に戻る途中の洋上で病を発し、生まれ故郷の福岡で病死する。脳溢血とも肝硬変ともいわれている。

明石が台湾に残したものは、非常に大きかった。日月潭は台湾最大のダムとなり、そして台湾に電燈の灯をもたらした。また教育法の改正で、台湾人が帝国大学に通うことができるようになった。のちに台湾の総統になる李登輝《りとうき》は、この法律の下で京都帝国大学に進学し、その後政治の道に進んでいるのである。道路や鉄道など交通機関の整備、森林保護の促進なども行われ、その足跡は現在も台湾の人々の役に立っているのである。

村上平蔵と麗江は、その後台湾で春風楼を経営して、明石元次郎以降の台湾総督や民政局長のよき相談役になった。台湾の人々と総督府の橋渡し役として、明石元次郎の教えの通りに陰ながら貢献した。しかし、総督府に公式の記録はない。のちに日本の敗戦とともに郷里の山口県に引き揚げ、戦後息子の村上与吉などとともに福岡に住んだという。しかし、それはまた、別の話である。

終章　鳥居

「ねえ、なんでこんなところに木の棒が立っているの？」

王雅玲《おうがれい》は、恋人の孫俊傑《そんしゅんけつ》に聞いた。

二〇一五年夏、どこにでもある恋人たちのデート。この二人もこれからどこかで食事をしようか、というところであろう。

「これか、知らないの？　これは日本で鳥居といわれるものだよ」

「鳥居？　何それ」

「日本では神社に入る時に、神社と普通の場所の間に鳥居を建てて、鳥居をくぐってから神社に行くんだよ」

「へえ、家の門みたいなもの？」

「まあ、そんなものかな」

台北の林森公園の真ん中に、鳥居が二つ並んで立っている。二人は、その鳥居の前まで芝生を歩いて行った。

「神社なんかないじゃない」

王雅玲は、鳥居の前に立って言った。鳥居をくぐった向こう側には、台湾の中でも繁華街の林森地区のネオンが見える。

「昔ここにあったのかな」

「ちょっと、こっちに何か書いてある」

「どれどれ」

「なんだか難しい」

「読んでから教えてあげるよ」

石碑に書いてある文字を孫俊傑は読み始めた。

「これは、明石元次郎という人のお墓の前にあったらしい」

「お墓?」

「そう。昔、台湾がまだ日本だったころの日本の偉い人だって。台湾総督。その人が台湾のために電気を作ったり、日本人と同じように台湾の人が教育を受けられるようにしたり、さまざま功績があった。しかし、総督になっている途中で病気で死んでしまったらしい。しかし、その明石さんという人の死を惜しんだ台湾人が、寄付金をたくさん出して墓を作ったり、そして鳥居も作ったんだって」

「日本人なのに台湾のために働いて、台湾で死んでしまったの?」

「そうだね」

「なんだか、かわいそう」

「でも、日本と同じ教育を受けられるようにしたから、今の台湾があるのかも」

王雅玲は急に何かを思い出したように手を打った。

「そういえばおじいちゃん、昔日本人だったって言ってた。日本人の名前も持っているんだって。よく、あのころはよかったと言ってたし、それに、日本の学校の時計とか持ってた」

「そうか、雅玲のおじいちゃんは、この鳥居の明石さんのおかげで日本の学校を出ることができたんだね」

「日本人ってすごいんだね」

「うん、やっぱり僕は日本に留学しようかな」

「俊傑が行くならば私も行きたいなあ」

王雅玲は腕を組んで繁華街のほうに歩き出した。

「今の日本人が明石元次郎さんのようにいい人ばかりとは限らないよ」

「でも、明石さんみたいな人がいたり、日本人に悪い印象はないよ。まあ、いいや、早くどこか行こうよ。おなかすいた」

「そうだね」

幸せそうな恋人たちが、夕方の林森公園の鳥居の前を通り過ぎ、そして、繁華街のほうに消えていた。鳥居は、そんな発展した台北と台北の恋人たちを、昔の明石元次郎のように温かく見守っていた。

あとがき

台湾という土地に何度か行ったことがある。その中で、台湾ほど、日本人が行って気分の良い土地も少ないのではないかと思う。

もちろん、観光コースに乗ってしまえばどこも全く同じだ。しかし、なぜかどことなく古い日本を感じることができる。しかし、台湾の魅力はそれだけではない。台湾に行って最も大きな感動は、地元の古老が近寄ってきて日本語を話すところである。

日本人は、その多くが先の大戦で敗戦した苦い経験から、どうしても海外、特にアジアの国々に対して畏怖していると思われても仕方がないような気後れした部分をもって接してしまう。実際、中国や韓国の中にはそのような感情を利用して接してくる人がいないわけではない。台湾であってもそのことは例外ではないのであるが、しかし、台湾の地元の古老たちは全く違う。

私が、竹東の町を歩いていた時のことである。ある店を見て、日本人の先生と一緒に日本語を話し、そしてそのまま店を出てきた。しばらくすると、その店の奥で横になって煙草を吸っていたおじいさんが走ってくるのである。

「日本人ですか」

「はい」

「私も昔日本人でした。日本語を話したいので付き合っていただけませんか」

その後十数分おじいさんとご一緒し、そして、最後別れ際に名前を聞いた。

「私の名前はタカヒラ〇〇です」

完全に日本名なのである。それも誇らしげに日本人の名前を言うのだ。

「台湾でのお名前は」

「私の名前は日本の名前で大丈夫です」

結局日本名以外名乗ってもらえなかった。いや、彼は日本人の名前であることが最も良かったのではないか。

「日本好きですか」

「好きも嫌いもない。日本は私の国ですから」

このように答えをもらって、「はっ」と息を飲んだ。さて今日本人に「日本は好きですか」と聞いて、このような答えを出せる人が何人いるであろうか。日本人よりも日本人らしく、日本人よりも日本という国家に誇りを持っている。そんな台湾の古老に接するたびに、日本という国の素晴らしさを再確認させられる。その再確認が、私にとって、日本にいるだけではわからない日本の魅力なのかもしれない。それに気づかせてくれるから、私は台湾に行くのが好きなのかもしれない。たぶん、台湾が好きという人の多くは、そのような感覚を持っている人が少なくないのではないかと思う。

では、なぜ台湾の人は日本の人以上に日本のことを良く思っているのであろうか。

そのことを主題に、今回はこの物語を書いた。終章に「鳥居」という文章を入れさせていただいた。ある意味で私のわがままを書いたといっても過言ではない。しかし、台湾が「占領された」と思っていたならば、台湾総督をした軍人の墓にあった鳥居を、台湾人の憩いの場である公園の真ん中に今も大事に保存しておくであろうか。そして、そのような歴史的な遺構があること、日本と日本人を象徴するものを大事にしている台湾の人々の心が、日本人を引き付け日本人に様々なことを再発見させてくれるのではないか。実際にそのように思う。この明石元次郎総督の墓の鳥居が現在、台北市内の林森公園の真ん中、日本でいうなれば、日比谷公園の真ん中のような場所に今も大事に台湾の人々の手によって残されているという ことこそ、台湾人が日本についてどう思っているか、また日本人が台湾を好きになるという、最も大きな「心の架け橋」になっているのではないかと思う。

軍人というと、どうも世界では敬遠しがちであり、日本などではアレルギー反応を持つ人も少なくない。それでもあえて、樺山資紀から明石元次郎まで軍人の総督だけをピックアップし、彼らがどんなに素晴らしい政治をしたのかということに着目した。軍人であるから、という差別的なことを言うことはかえって、世の中をおかしくするのではないか。逆に、軍人であるからこそ、人の命に対して特別な感慨があり、そしてその命を守るということに全力を尽くすのではないか。私はそのように思う。その軍人政治家の最も象徴的な言葉が北白川宮能久親王の「心を攻める」という言葉ではないか。

「心を攻める」ということは、そのまま屈服させるのではなく、児玉源太郎や明石元次郎が実践したように「違いを認めてわかりあう」ということなのであると思う。そして、それをいち早く実践した、台湾に行った偉人たちは、実は現在の世界に嘱望されているリーダー像であり、なおかつ、これからの混迷の時代に、世界平和に寄与する人々ではないかという気がしてならない。「寛容」と「理解」、そして「尊重」という日本人の最も良いところこそ、これからの混乱に陥るであろう世界には必要であると考え、なおかつ、それを実践したこれら日本の偉人たちの足跡をたどることこそ未来への回答であると、この物語を書き、そして、改めて台湾の古老の人々を思い浮かべて、そのように思うのである。

これから世界で活躍する日本人にぜひ読んでいただき、そして、彼らの足跡を実際に辿っていただきたい。今でも北白川宮薨去の地には石碑もあるし、また、鳥居も残されている。そこに行って、そこの場で台湾の人々と交流を持つことこそ、日本人が日本の魅力を再確認する第一歩のような気がするのである。

さて、このような思いの詰まった本書、編集においてご尽力いただいた振学出版の荒木幹光会長及び同社松浦さん、内田さん、そして、いつも私の小説に、全く文句も言わず素敵な挿絵を描いていただいている小暮満寿雄画伯に、最大限の謝意を示して、そしてこの本を読んでくださった皆様にお礼を申し上げて、本書の「あとがき」とさせていただきます。

二〇一六年八月八月

宇田川　敬介

振学出版の本

振学出版の本

■人間存在と教育

人間にとって、教育とは如何なる意味や役割を有する営みであるのか。

人間存在の本質から教育を捉えたとき、教育とは如何に在るべきか―人間と教育との関係を巡る問題を問い続けてきた著者自身の、経験的思索を踏まえた独創的な思想世界。

●本体二〇〇〇円＋税

■日本人の生き方

「教育勅語」と日本の道徳思想

日本人は、これまでいかに生きてきたのか、そして今をいかに生きるべきなのか。

教育勅語を基軸とする道徳思想の視座から吟味し、これからをいかに生きるかを問う問題提起の書。

●本体一四二九円＋税

■生き方と死に方

―人間存在への歴史的省察―

いかに生き、いかに死ぬるか。人間存在の諸相を探求して半世紀。著者の学問的叡智を結晶化させた感動の随想録。

●本体一二〇〇円＋税

坂本 保富（著）

■孫に伝えたい私の履歴書

川上村から仙台へ～おじいちゃんのたどった足跡～

日本語学校仙台ランゲージスクールを経営する「おじいちゃん」が語るほんとうの話。泉岡春美自叙伝。

●本体一五〇〇円＋税

泉岡春美（著）

■歴史紀行　ドーヴァー海峡

民族の本質は「育ち」、要するにその民族の歩んできた歴史に他ならない。

ドーヴァー海峡を挟んだ永遠のライバルイギリスとフランスの民族と宗教とそして戦いの歴史を紀行する。

●本体二〇〇〇円＋税

■スペイン歴史紀行　レコンキスタ

レコンキスタ（国土回復運動）は中世イベリア半島を舞台に八〇〇年にわたって繰り広げられた、カソリックとイスラムによる「文明の挑戦と応戦」であった。その歴史との対話。

●本体一七四八円＋税

東 潔（著）

■アジア文化研究

現在海外の大学や研究機関等で活躍する元日本留学生による、日本の文学や民俗学、日本語教育についての論文を収載した学会誌。アジア文化研究学会編集。

●頒価　創刊号一〇〇〇円、第二号一五〇〇円

一般社団法人
アジア文化研究学会

株式会社 振学出版
東京都千代田区内神田1―18―11　東京ロイヤルプラザ1010
電話／〇三―三二九二―〇二一一　ファックス／〇三―三二九二―〇二一二
URL：http：//shingaku-s.jp　E-mail：info@shingaku-s.jp

我、台湾島民に捧ぐ
日台関係秘話

2016年10月21日　第一刷発行

著　者　宇田川敬介

発行者　荒木　幹光

発行所　株式会社振学出版
東京都千代田区内神田1-18-11 東京ロイヤルプラザ1010
TEL 03-3292-0211
URL http//www.shingaku-s.jp/

発売元　株式会社星雲社
東京都文京区水道1-3-30
TEL 03-3868-3275

カバーデザイン・挿絵　小暮満寿雄
印刷製本　株式会社洋光企画印刷